AF543624

Jill A. Moebius

Der Gesang des Windes

Verlag Via Nova

Jill A. Moebius

DER GESANG DES WINDES

Eine Parabel
vom Leben und der Liebe

Verlag Via Nova

1. Auflage 2014

Verlag Via Nova, Alte Landstr. 12, 36100 Petersberg

Telefon: (06 61) 6 29 73

Fax: (06 61) 96 79 560

E-Mail: info@verlag-vianova.de

Internet: www.verlag-vianova.de

Umschlaggestaltung: Guter Punkt, München

Satz: Sebastian Carl, Amerang

Druck und Verarbeitung: Appel und Klinger, 96277 Schneckenlohe

ISBN 978-3-86616-310-2

dem Einen gewidmet

Wer das Glück der Seele sucht,
muss die Pfade
des Verstandes verlassen
und dem Herzen folgen.
Dort ist der Weg zum Schatz
eingraviert.

Prolog

Die Abendsonne stand tief und tauchte die Gräser in goldenes Licht. Sanft wiegte der Wind die Halme hin und her. Es war ein bezaubernder Anblick, und der Hirte trat ein paar Schritte vor und stellte sich zwischen die hüfthohen Gräser. Er breitete die Arme aus und kniff die Augen zusammen, um sich vor dem Sonnenlicht zu schützen. Mit halbgeschlossenen Augen sahen die Gräser aus wie tausend im Gegenlicht funkelnde weißgoldene Diamanten. Der Wind spielte mit den Diamanten und lud den Hirten zu einem Tanz ein.

Der Hirte war von der Schönheit entzückt. Sein Herz quoll über vor Freude, und er begann im Geist mit den Gräsern zu tanzen, die der Wind mal sachte wiegte, mal spitzbübisch mit einer Böe durcheinanderwirbelte.

Mit einem Mal empfand der Hirte eine unbändige Lebenslust, als er zusammen mit den Gräsern ausgelassen im Wind tanzte. Nicht sein Körper, seine Seele tanzte, tauchte ein in das Spiel des Windes, selbstvergessen und freudig wie ein Kind.

Und er ließ seine Seele tanzen und empfand tiefes Glück.

1

Die Sonne stand bereits tief am Horizont.

Der Mystiker und sein Schüler waren weit geritten, um in die Einsamkeit und Stille der Berge zu gelangen. In den Adern ihrer Pferde pulste der Rhythmus der Steppe, und das Lied des Windes zerzauste ihre Mähnen. Es waren kleine, schnelle und ausdauernde Tiere, die gelernt hatten, dem harten Klima zu trotzen. Ihre Augen waren dunkel und klar wie die der Menschen, die hier lebten.

Der Mystiker hatte seinen Schüler sorgfältig vorbereitet. Es würde eine besondere Zeit werden. Umgeben von der Klarheit und Stille der Bergwelt, in hellen Tagen und sternenklaren Nächten würden sie tiefer und tiefer eintauchen in die Geheimnisse der Welt.

Was dann geschah, lag allein in den Händen desjenigen, der die Geschicke aller Menschen lenkt. Der Mystiker würde seinen Weisungen lauschen und seinen Schüler so gut vorbereiten, wie er es vermochte. Doch das Tor zu den verborgenen Welten würde sein Schüler Omar allein durchschreiten müssen.

Am Fuße der Berge, im Schutz einiger Bäume und Felsen schlugen sie ein einfaches Lager auf. In der Nähe gab es Quellen sowie genügend Feuerholz, so dass sie bequem einige Zeit an diesem Ort verbringen konnten.

⋆ ⋆ ⋆

2

»Du kannst mit mir reisen«, hatte der Mystiker eines Tages Omar angeboten. »Überlege es dir. In ein paar Monaten werde ich wiederkommen. Wenn du dann mit mir wandern möchtest, bist du willkommen.«

Du kannst mit mir reisen.

Wie verheißungsvoll die Worte klangen. Ferne Welten durchwandern, von denen die Alten erzählt hatten und von denen er manchmal träumte, doch die er selbst niemals zu Gesicht bekommen hatte. Er spürte den Ruf jener Welten, spürte die Verlockung und den Geschmack des Abenteuers wie eine seltsame Sehnsucht, die ihn keinen Frieden finden ließ.

Freilich, sein Leben war nicht schlecht. Gemeinsam mit Mutter und Brüdern wohnte er in einem schlichten Lehmziegelhaus, und jeder folgte seinen Pflichten. Wie die meisten Dorfbewohner lebten sie vom bescheidenen Ertrag ihrer Schaf- und Ziegenherde, vom Verkauf der Wolle und Milch sowie von den Teppichen, die seine Mutter kunstvoll knüpfte und an die durchreisenden Händler verkaufte. Er mochte seine Brüder, sie verstanden sich auch ohne viele Worte. Wenn alle am Abend nach getaner Arbeit zusammenkamen, genossen sie die gemeinsamen Stunden im Kreis der Familie.

Die Gemeinschaft bildete das Herz jeder Familie und hielt auch das Dorf zusammen. Zwar ging ein jeder seinen eigenen Pflichten und Geschäften nach, doch man fand immer Zeit für ein Glas Tee und ein Gespräch unter Freunden. Man teilte Sorgen wie Freuden und Nöte, und da man sie teilte, musste man sie nicht allein tragen.

Die meiste Zeit jedoch war Omar mit den Schafen unterwegs. Er mochte die Tiere, kannte die Besonderheiten, Vorlieben und Schwächen jedes einzelnen. Er genoss es, die karge Landschaft zu durchwandern, die mit ihrer Weite, den windzerzausten Büschen und duftenden Kräutern eine eigene herbe Schönheit hatte. Er liebte die gelben Blumen, die im Frühling, wenn der Regen kam, wie tausend kleine Sterne aus dem Boden emporsprossen. Manchmal, wenn er entferntere Gegenden mit den Schafen durchwanderte, schlief er nächtelang unter freiem Himmel. Wenn er dann in den prachtvollen Sternenhimmel blickte, fühlte er sich frei, und seine Träume wanderten mit den Sternen.

Mehrmals im Jahr kamen Händler in das Dorf, um Wolle aufzukaufen. Sie boten einen guten Preis und brachten allerlei nützliche Dinge mit – Salz, Gewürze, Mehl und Gegenstände des täglichen Bedarfs. Dies ersparte den Dorfbewohnern die beschwerliche Reise in die nächstgelegene Stadt.

Im Übrigen folgte das Leben einem gleichförmigem Rhythmus.

Wenn allerdings der Mystiker auftauchte, verwandelte sich die träge Behäbigkeit des kleinen Ortes in eine wache Lebendigkeit, als wenn ein frischer Wind den grauen Staub des Alltags fortblies.

Der Mystiker war von hochgewachsener kräftiger Gestalt, und obwohl er sich in Kleidung und Auftreten nicht sonderlich von anderen Reisenden unterschied, zog er doch, sobald er sich unter die Leute mischte, stets deren Aufmerksamkeit auf sich, so wie der Duft einer feinen Rose dazu führt, dass man den Kopf wendet, um die Quelle des Dufts zu ergründen. Seine fein geschnittenen Gesichtszüge, von silbergrauem Haar und einem ebensolchen Bart umrahmt, spiegelten die Lebenserfahrung und Weisheit seiner Jahre wider.

Der Mystiker war ein gern gesehener Gast, denn er wusste nicht nur die Sterne zu deuten und kannte die heiligen Schriften, sondern war überdies auch ein begnadeter Heiler. Bereitwillig bot man ihm Unterkunft und versorgte ihn reichlich mit allem Notwendigen. Im Gegenzug widmete er sich den Sorgen und Nöten der Menschen, heilte mitfühlend die Wunden der Kranken und gab ihren Herzen Nahrung.

Seine Stimme war tief und wohltönend, und wenn er lachte – und er lachte gern – umspielten tausenderlei Lachfältchen seine Augen. Obwohl er durchaus streng sein konnte, flößte seine Anwesenheit Vertrauen ein –

man fühlte sich wohl in seiner Nähe und teilte ihm gern mit, was das eigene Herz bewegte. Denn er verstand in den Herzen und Seelen der Menschen zu lesen wie in einem Buch.

Niemand wusste Genaues über seine Herkunft oder Vergangenheit, doch die Dorfbewohner liebten ihren „Hakim“, wie sie ihn respektvoll nannten: den Weisen, den Heiler. Wann immer er auftauchte, versammelte sich bald eine willige Schar von Zuhörern um ihn.

Seit Omar dem Mystiker das erste Mal begegnet war, hatte er sich magisch von ihm angezogen gefühlt. Er konnte nicht benennen, was genau ihn faszinierte – war es die ungewöhnliche Erscheinung des Weisen, dessen geheimnisvolle Ausstrahlung? Oder war es die Tatsache, dass nur der Mystiker Antworten auf Fragen wusste, die sonst niemand beantworten konnte, selbst die Dorfältesten nicht, die er mit seinen Fragen schon oft zur Verzweiflung gebracht hatte?

Wenn sich ein Herz nach Wahrheit sehnte, erkannte der Mystiker dies sofort. Er verstand Omars Sehnsucht danach nur zu gut. Schließlich war er selbst dieser Sehnsucht gefolgt und so zum Wanderer geworden. Doch nur wenige brachten den Mut auf, dem Ruf ihrer Seele bedingungslos zu folgen. Doch eben diese Bereitschaft war es, die er in Omars Augen las.

So geschah es, dass der Mystiker, wann immer er in diesen Ort kam, nach Omar fragte. Wenn die Arbeit es zuließ, führten sie lange Gespräche oder unternahmen gemeinsame Wanderungen. Für Omar waren die Stunden mit dem Mystiker Sternstunden, heilige Zeit, in welchen er den geschäftigen Alltag vergaß und in ein anderes Universum eintauchte, das sein Herz mit Freude erfüllte.

Neben dem gelegentlichen Erscheinen des Mystikers brachten die einzige weitere Abwechslung im Dorfalltag die durchreisenden Kaufleute, denn der Ort lag an einer alten Karawanenroute. Die Händler, unterwegs zu großen Märkten, nutzten die alte Karawanserei des Ortes als Herberge, um zu rasten und sich bei Gewürztee und Pfeife mit anderen Reisenden auszutauschen.

Noch vor wenigen Generationen, als die Karawanen ein alltäglicher Anblick waren, hatte hier ein reges Kommen und Gehen geherrscht. Nun wurde nur noch ein Teil der Räumlichkeiten genutzt, da die Reisenden nicht mehr so zahlreich erschienen wie früher. Doch für Junaid, Omars Onkel, welcher die Herberge führte, war es noch immer ein gutes Geschäft. Das Teehaus der Herberge war ein beliebter Treffpunkt, und er erfuhr auf diese Weise stets aktuelle Neuigkeiten und Gerüchte.

Wenn es ihm seine Pflichten erlaubten, hielt sich Omar gern in der Herberge auf. Sein Onkel mochte ihn sehr und hatte ihn stets wie einen Sohn behandelt, nachdem Omar seinen Vater bereits früh verloren hatte.

Die feinen Waren der Händler, kostbare Gewürze, Stapel von Stoffballen, Silber- und Messingwaren trugen den Geschmack ferner Welten mit sich, und Omar liebte es, dort umherzustreifen, die Händler zu beobachten und ihren Gesprächen zu lauschen. Manchmal ging er Junaid im Teehaus zur Hand, schenkte Tee aus und wusch die Gläser. So konnte er ein wenig teilhaben am Leben der Kaufleute, und er genoss diese Abwechslung.

⋆ ⋆ ⋆

3

In der Karawanserei war er Shalimah zum ersten Mal begegnet.

Sie war Tochter eines Kaufmanns und lebte in der nächstgelegenen Stadt. Da das Schicksal dem Kaufmann keinen Sohn geschenkt hatte, begleitete Shalimah ihren Vater öfter auf seinen Reisen und ging ihm geschickt zur Hand. Mehrmals im Jahr hielten sie sich auf der Durchreise auch einige Zeit in der Karawanserei auf, um Kunsthandwerk der Dorfbewohner aufzukaufen oder gegen nützliche wie schöne Dinge, die sie von fernen Städten mitbrachten, einzutauschen.

Shalimah war sehr anmutig, und Omar bewunderte die schönen Stoffe, in die sie stets gekleidet war. Er mochte es, wie sie sich ihre Haare aus dem Gesicht strich. Wie ihre Augen strahlten, wenn sie lachte. Er liebte das leise Klingen der Glöckchen ihrer silbernen Geschmeide, wenn sie sich bewegte.

Jedes Mal, wenn er sie sah, war ihm warm ums Herz geworden, und er hatte sich leicht und beschwingt gefühlt. Fast schien es, als wirke eine unsichtbare Energie, die alles heller und fröhlicher erscheinen ließ und ihn mit Freude erfüllte, wenn er in Shalimahs Nähe war. Insgeheim hatte er jede Facette ihres Gesichts studiert, die ausgeprägten Wangenknochen, den sanft geschwungenen Mund, ihre anmutigen Augenbrauen und ihr fröhliches Lachen. Jede Einzelheit hatte sich ihm tief eingeprägt. Für ihn war Shalimah das bezauberndste Wesen, das er je erblickt hatte.

Als sie sich das erste Mal begegnet waren, hatte sie ihm ein verstohlenes Lächeln geschenkt. In den Nächten danach träumte er von ihr, und es waren schöne Träume.

Mit der Zeit, als sie sich öfters unter den schattigen Arkaden im Zentralhof der Karawanserei begegnet waren und einander etwas besser kennen gelernt hatten, hatte er ihr von seinem Leben als Hirte erzählt und von seiner Sehnsucht, die Welt kennen zu lernen. Und sie hatte ihm das Leben in der Stadt und ferne Orte beschrieben, die sie bereist hatte.

Eines Tages schließlich gestand er ihr, dass sein Herz sich nach ihr sehnte, wenn sie fort war, dass es manchmal von ihr träumte und dann voller Freude war, wenn sie sich wieder begegneten. Shalimah hatte gelächelt und geschwiegen. Denn wenn das Herz versteht, braucht man keine Worte. Ohnehin hätten Worte nicht auszudrücken vermocht, was sie für diesen jungen Hirten empfand: eine seltsam betörende Mischung aus Faszination, Verwirrung und wachsender Zuneigung, gepaart mit einer untrüglichen Ahnung, dass die Schicksalsfäden, die sie zueinandergeführt hatten, bereits fest miteinander verwoben waren. Längst hatten ihre Seelen zueinander gefunden.

Nur einmal war Omar in der eine Tagesreise entfernten Stadt gewesen. Sein Onkel hatte ihn mitgenommen, damit er ihm bei dessen Besorgungen zur Hand ging. Die bunte farbenprächtige Welt des Bazars, die sich ihm dort bot mit all ihren Gerüchen und ihrer Lebendigkeit hatte Omar völlig in ihren Bann gezogen.

Mit schweren Säcken beladene Eselskarren drängten durch die engen Gassen. Vor den winzigen Läden feilschten die Kunden lautstark um Ware. In den Teehäusern saßen Männer und rauchten Wasserpfeife. Der Duft der Gewürze lag schwer in der Luft – es roch nach Zimt, Kardamom, Safran und Minze. Köstliches Gebäck aus Mandeln, Pistazien und feinstem Rosenwasser wurde feilgeboten. Er bestaunte die geschmackvollen Waren der Teppichhändler und Töpfer und die übervollen Stände der Obstverkäufer, die sich unter der Last der sorgsam aufgestapelten Honigmelonen, Granatäpfel, Pfirsiche, Aprikosen und Zitrusfrüchte bogen. Ein paar Gassen weiter bewunderte er die Auslagen feiner Seide, die kunstvoll verzierten Waren der Silberschmiede und den prächtigen Goldschmuck der Juweliere. Welch herrliche Fülle sich seinen Augen bot! Er konnte sich kaum sattsehen.

Am Abend, als der Geruch von gebratenem Fleisch und frisch gebackenem Fladenbrot durch die Gassen zog, hatten tausende bunter Lampen den Bazar in eine magische

Stimmung getaucht. Danach war seine Sehnsucht, die Welt kennen zu lernen, noch größer geworden.

Denn das Leben als Schafhirte war recht eintönig, und sein Herz sehnte sich nach Abwechslung. Frei wie ein Falke wollte er sein, sich vom Wind in ferne Gefilde tragen lassen, bereit zu neuen Abenteuern. Er erinnerte sich an die Worte des Mystikers: »Es ist gut, Neues kennen zu lernen. Gewohnheiten machen träge und stumpfen die Sinne ab. Neues und Unbekanntes zu wagen ist das Salz des Lebens. Es verleiht dem Dasein einen köstlichen Geschmack.«

Omars Seele sang eine Melodie der Sehnsucht nach Wahrheit und Freiheit. Er spürte, dass es Fragen gab, auf die er selbst Antworten finden musste. Und ein Leben als Hirte konnte diese Sehnsucht nicht befriedigen. Sein Herz hatte von Abenteuern geflüstert und von verborgenen Welten, die es zu entdecken gab. Es hatte ihm auch gesagt, dass wahre Liebe immer einen Weg findet.

Deshalb traf er eine Entscheidung und erklärte eines Abends im Kreis der Familie, er wolle künftig mit dem Mystiker ziehen, um von ihm zu lernen. Seine Mutter, welche wusste, dass man ein Herz, das gehen will, besser nicht festhält, hatte ihm schließlich ihren Segen und sogar einige Münzen gegeben. Von da an hielt er sein Bündel bereit für die Abreise.

Als Omar Shalimah das nächste Mal begegnete, fasste er sich ein Herz und teilte ihr seinen Entschluss mit.

»Ich werde eine Zeitlang fortgehen und mit dem Mystiker reisen«, erklärte er. »Ich möchte von ihm lernen, weil mein Herz es mir sagt. Doch ich werde dich nicht vergessen. Des Nachts, wenn die Sterne leuchten, werde ich dich in ihnen sehen und mich an dein Lachen erinnern. Und eines Tages, wenn ich gefunden habe, weshalb ich nun aufbreche, werde ich zu dir zurückkehren und meinen Schatz mit dir teilen.« Dann hatte er von seiner Sehnsucht nach Abenteuern gesprochen und ihr erklärt, dass man, wenn sich das Herz nach Freiheit sehnt, diesem Ruf folgen muss. Dass sein Herz ihm auch gesagt hatte, wahre Liebe fände immer einen Weg, verschwieg er ihr. Doch er hoffte insgeheim, es würde recht behalten.

Ein Schatten von Traurigkeit war über Shalimahs Gesicht gehuscht, doch dann hatte sie gelächelt. Schließlich war sie selbst Tochter eines Reisenden und sie verstand, dass die Aussicht, fremde Städte mit ihrer aufregenden Vielfalt kennen zu lernen, einen Hirten lockte. Sie begriff, dass er seinem inneren Ruf folgen musste, auch wenn es sie schmerzte, ihn ins Ungewisse ziehen zu lassen. Doch sie spürte auch: Liebe braucht Zeit, um zu wachsen und zu reifen. Wenn das Schicksal es so wollte und sie tatsächlich füreinander bestimmt waren, dachte sie, dann würden sich ihre Wege wieder kreuzen. Das Leben hatte eine eigene Magie, und manchmal war es nötig, Vertrauen und Geduld zu üben. Sie würde warten. Sie würde ihre Sehnsucht mit den Sternen zu ihm senden und sie bitten, den Jüngling zu beschützen, den sie liebte.

Scheu hatte sie zum Abschied ihr zierliches silbernes Armband abgestreift und es ihm in die Hand gelegt. »Nun reist ein Teil von mir stets mit dir«, hatte sie geflüstert und sich darauf schnell zur Seite gewandt. Dann war sie gegangen, denn sie wollte nicht, dass er ihre Tränen sah.

Als der Mystiker wie versprochen wieder auftauchte, ergriff Omar sein Bündel und brach mit ihm auf. Einzig der Gedanke schmerzte ihn, dass er Shalimah nun für unbestimmte Zeit nicht wiedersehen würde. Doch dann hatte er sich damit beruhigt, dass er ja jederzeit wieder in seine Heimat zurückkehren konnte.

☆ ☆ ☆

4

Eine Zeitlang reisten sie von Ort zu Ort. Tagsüber ging Omar dem Mystiker zur Hand. Er half ihm bei den Behandlungen der Kranken und besorgte notwendige Zutaten für Salben und Heiltränke. Er lernte, Krankheiten anhand von Gesichtsfarbe, Puls und Atem zu diagnostizieren, und erwarb Kenntnisse darüber, welches Leiden welche Behandlung erforderte.

An den Abenden dann, wenn der Mystiker zur versammelten Menge sprach, lernte er, die heiligen Schriften tiefer zu verstehen. Der Mystiker sprach über Liebe, Glück und Leid und half den Menschen, ihre alltäglichen Probleme besser zu bewältigen. Er verstand die Sehnsucht ihrer Seelen und vermochte Hoffnung, Glaube und Vertrauen in den Herzen zu wecken, wo zuvor Dunkelheit, Verzweiflung oder Angst geherrscht hatte.

Manchmal, in den kleineren Dörfern, war es nur eine Handvoll Zuhörer, die sich des Abends einfanden, um den Unterweisungen des Mystikers zu lauschen. Doch in den größeren Orten kamen leicht mehrere Dutzend zusammen. Niemals jedoch gab es Raufereien oder ernsthafte

Auseinandersetzungen, denn bei allem, was der Mystiker tat, schien ihm eine gütige Hand den Weg zu ebnen.

Während sie von Ort zu Ort wanderten, hatte Omar so manches Mal an Shalimah gedacht. Dann war ihm das Herz ein wenig schwer geworden. Doch er wusste auch, dass er nicht zurückkehren konnte, bevor er nicht die Antworten gefunden hatte, nach denen seine Seele sich sehnte.

Sie waren auch einigen Weisen begegnet, Männern wie Frauen, von denen es hieß, dass sie die Zukunft zu lesen vermochten oder die Geheimnisse des Lebens kennen würden. Sie hatten interessante Dinge erzählt, und manches davon war ihm sehr rätselhaft erschienen. Einer der Wahrsager hatte aus Ziegenknochen Omars Zukunft gedeutet und gemeint, er könne sich glücklich schätzen, denn Allah würde ihm eine verheißungsvolle Zukunft bescheren.

Doch keiner von ihnen hatte sein Herz berührt.

Niemand strahlte eine solche Tiefe und zugleich so durchdringende Klarheit aus wie der Mystiker. Wenn sich ihre Blicke trafen, schien es Omar, als würde er von den Augen des Meisters ganz und gar durchleuchtet werden. Dieser Blick schien alles zu beinhalten und alles offen zu lassen – sanft, mitfühlend, mal heiter, mal streng und von unendlicher Tiefe. Manchmal kam es Omar vor, als würde sich das gesamte Universum in den Augen des Meisters spiegeln. Man konnte tief darin eintauchen wie in einen Ozean und sich in der Unendlichkeit verlieren. Zeit und Raum hörten dann auf zu existieren.

Und manchmal strahlte ein Licht aus den Augen des Mystikers, das nicht von dieser Welt zu sein schien.

☆

Eines Abends, als sie schon mehr als zehn Monate unterwegs waren, ließ sich der Mystiker neben Omar auf einer kleinen hölzernen Bank vor jenem Haus nieder, in dem sie seit einigen Tagen zu Gast waren. Sie hatten, wie fast jeden Abend, miteinander gespeist, diskutiert, musiziert und gebetet. Der Mystiker liebte die Musik und konnte mit seiner Laute die herrlichsten Klänge hervorzaubern. Mal waren es fröhliche Weisen, die der puren Freude am Sein entsprangen, dann wieder sang er lyrische Stücke über die Liebe, das Glück, Leiden und Sehnsucht von einer solchen Intensität, dass es die Seele der Menschen tief berührte.

Nun war es bereits spät, und die Leute, die gekommen waren, um dem Mystiker zu lauschen, waren längst wieder in ihre Häuser heimgekehrt.

Für eine Weile schwiegen sie beide, eingehüllt von der friedlichen Stille der Nacht. Dann wandte sich der Mystiker Omar zu und eröffnete, sorgsam seine Worte wählend: »Lange Monate sind wir nun gemeinsam Seite an Seite gewandert, und vieles habe ich dir vermittelt, so wie es der Tradition des Heilens entspricht. Doch es gibt Dinge, die ich dir nicht beibringen kann, weil es nur dein eigenes Herz vermag. Was du jenseits von dem, was der Verstand begreifen kann, wissen musst, wird dich das Universum selbst lehren. Denn das ist dein wahrer Meister: die Schöpfung selbst. Sie wird dir ihr verborgenes Gesicht enthüllen, wenn du die Kunst beherrschst, mit dem Herzen zu lauschen. Deshalb werden wir nun für einige Zeit in die Einsamkeit der Berge reisen. Dort wirst du lernen, die wahren Geheimnisse des Lebens zu entschlüsseln.«

Omar war überrascht, doch er nickte bereitwillig, denn dies verhieß eine willkommene Abwechslung. Auch hatte er inzwischen gelernt, dem Meister vollkommen zu vertrauen, denn jener verstand den Lauf der Welt zu deuten und wusste Dinge, die dem gewöhnlichen Verstand verborgen blieben.

Bereits am nächsten Tag hatten sie sich Pferde und Vorräte besorgt und waren aufgebrochen.

☆ ☆ ☆

5

Eines Morgens – erst wenige Tage waren seit ihrer Ankunft in den Bergen verstrichen – stieg Omar auf einen Hügel oberhalb des Lagerplatzes, um im Angesicht der Sonne die Übungen durchzuführen, welche der Mystiker ihn gelehrt hatte. Ihm bot sich ein prächtiger Blick über die weite Ebene mit den sanft am Horizont schimmernden Hügelkuppen. Die aufgehende Sonne tauchte die Landschaft in ein sanft leuchtendes Licht.

»Der erste Strahl der aufgehenden und der letzte Strahl der untergehenden Sonne besitzen eine besondere Kraft«, erinnerte Omar sich an die Worte seines Meisters. Jene Strahlen, so der Mystiker, enthielten eine spezielle Substanz, die Körper und Seele auf geheimnisvolle Weise zu berühren vermochte und bewirkte, dass man die Stimme der eigenen Seele besser hören konnte.

Doch im Augenblick war er nur halb bei der Sache, es wollte ihm nicht recht gelingen, sich von der Schönheit des anbrechenden Morgens gefangen nehmen zu lassen. Zu sehr lenkten ihn die Sorgen ab, die sich am Morgen in sein Herz geschlichen hatten. Gedankenverloren starrte

Omar in die Ferne, als er die Schritte des Meisters hinter sich hörte.

Der Mystiker warf ihm einen prüfenden Blick zu und ließ sich dann neben Omar nieder. Eine Weile schauten sie schweigend zu, wie das wechselnde Farbspiel des Morgenlichts das weite Tal und die Hügelkuppen zum Leben erweckte.

»Dein Geist ist so bewegt wie ein stürmisches Meer«, bemerkte der Mystiker schließlich in die Stille hinein. »Was ist es, das dich so beunruhigt?« Da sie auf innige Weise miteinander verbunden waren, hatte er Omars Sorgen gespürt. Stets wusste der Meister, was in seinem Schüler vorging, selbst wenn sie voneinander entfernt waren.

Omar seufzte.

Er hatte davon erfahren, dass in seiner Heimat seit Monaten große Dürre herrschte. Der Händler, welcher ihnen die Pferde verkaufte, hatte davon berichtet. Und als Omar an diesem Morgen die Augen aufschlug, waren seine Gedanken in die ferne Heimat gewandert, die unter der quälenden Dürre litt, und das hatte sein Herz schwer werden lassen. Denn das Leben einer Hirtenfamilie war hart. In all den Jahren, als er mit den Schafen über die Ebenen gewandert war, hatte er so manche Dürreperiode erlebt. Jede Dürre schwächte die Tiere und machte sie anfälliger für Krankheiten. Manchmal hatten sie auch einige Jungtiere verloren, und Tiere zu verlieren ist für Hirten eine schmerzhafte Einbuße.

»Ich dachte an meine Familie in der Heimat und an die Dürre, die dort herrscht. Das erfüllt mein Herz mit Sorge«, erwiderte Omar bekümmert.

»Du kannst den Lauf der Welt mit deinen sorgenvollen Gedanken nicht verändern«, gab der Mystiker bedächtig zurück. »Sorgen sind eine nutzlose Last, sie verdunkeln wie Schatten dein Gemüt. Wende dich von ihnen ab und tauche in das Leben ein, das sich dir in *diesem* Augenblick bietet. Das wird dir inneren Frieden bringen.« Er deutete auf die unter ihnen liegende, im Morgenlicht glänzende Graslandschaft. »Sieh, wie das Sonnenlicht die Gräser in funkelndes Licht taucht. Atme den Duft der taufrischen Gräser ein. Lausche dem Gesang des Vogels.«

Der Mystiker schwieg und wartete. Er hatte es nicht eilig.

Tief atmete Omar den herben Duft der taufrischen Gräser und würzigen Kräuter ein. Langsam legte sich die schmerzhafte Unruhe in seinem Inneren, und seine Gedanken wurden still.

Ja, da war Schönheit.

Er hatte sie zuvor nicht wahrnehmen können, als er sich im trüben Gewässer der Sorgen verlor. Im selben Moment, als er in die Sorgen eintauchte, war auch sein Vertrauen in jene geheimnisvolle Macht verschwunden, die ihn sonst so zuverlässig führte. Solange er dieser Führung folgte, fügten sich die Dinge mühelos auf manchmal wundersame Weise. Lösungen tauchten unerwartet auf, der innere Weise, wie er jene Führung insgeheim nannte, führte ihn zu den besten Futterplätzen für die Tiere und ließ ihn auf seinen Wanderungen köstliche Früchte finden.

›Wenn ich mir Sorgen mache‹, dachte Omar, ›beginnt die Angst das Ruder zu übernehmen. Doch das hilft wahrhaft niemandem. Mein Meister hat Recht.‹

Sein Blick folgte den Gräsern, wie sie sich im Wind wiegten, er tauchte ein in das wogende goldene Meer, ließ sich mitnehmen von deren Spiel. Fast fühlte er diese Bewegung, als ob er selbst eines der Gräser wäre. Und als er sich so selbstvergessen ganz dem Augenblick hingab, stieg mit einen Mal stille Freude in ihm auf.

Der Mystiker nahm die Veränderung seines Schülers wahr und bemerkte sanft: »Dieser Moment ist vollkommen. In ihm wohnt die Schönheit des Seins. Wenn deine Gedanken stillstehen, offenbart sich dir die Vollkommenheit der Schöpfung. Dann erkennst du die Schönheit in allem, was existiert.«

Für einen zeitlosen Moment, in dem sie sich gemeinsam verzaubern ließen von der Magie des Augenblicks, hatte Omar das Gefühl, mit allem zu verschmelzen – mit dem Wind, den Vögeln, den Gräsern, sogar mit dem Felsen, auf dem sie saßen. Sein Herz war leicht und voller Freude, er fühlte sich frei, unbeschwert und mit allem verbunden.

Die Sorgen waren völlig verflogen.

Da erklang wieder die Stimme des Mystikers: »Mit dem Bewusstsein, was du nun hast, lassen sich Herausforderungen viel leichter lösen. Du tust, was notwendig ist, ohne jedoch in Kummer oder Sorgen verstrickt zu sein. Achte darauf, dich immer wieder in dieses Bewusstsein zurückzuversetzen, solltest du es einmal verloren haben.«

»Was ist das für ein Gefühl?«, wollte Omar nach einer Weile wissen. Es fiel ihm ein wenig schwer, Worte zu finden aus jenem beflügelnden Zustand von Grenzenlosigkeit und Verbundenheit zugleich, in dem er sich nun befand. Er fühlte sich so frei und weit, als ob sein Körper auch den Himmel und die Ebene bis zum Horizont und darüber hinaus umfassen würde.

Versonnen hakte er nach. »Was ist es, das so köstlich ist, dass ich es mit Worten nicht zu beschreiben vermag?«

»Es ist die Alchemie des Einsseins, Omar.«

☆ ☆ ☆

6

Als sie das Feuer entzündeten, war die Dämmerung bereits hereingebrochen und die ersten Sterne leuchteten am Himmel.

Stille hatte sich über die Bergwelt gesenkt. Nur ab und zu war das leise Schnauben der Pferde zu hören und das Knistern der Scheite, die von den Flammen verzehrt wurden. Nach all der umtriebigen Zeit, die sie in den Monaten zuvor in den Dörfern und Städten verbracht hatten, wo beginnend mit der Morgendämmerung bis in die Nacht hinein der Gebetsruf von den Minaretten gehallt hatte, nach all den vielen Menschen, denen sie tagaus, tagein begegnet waren, tat es gut, die Stille der Berge zu spüren. Es beruhigte das Herz und ließ es weit werden, bis es begann, sanft im Gleichklang mit dem Rhythmus der Natur zu schlagen.

Eine Zeitlang genossen sie schweigend den süßen, mit Kardamom gewürzten starken Tee; stets köchelte der rußgeschwärzte Kessel griffbereit über dem Feuer.

Da nahm Omar seinen Mut zusammen, um eine Frage zu stellen, die seit langem in seinem Herzen brannte:

»Meister, was ist der Sinn meines Daseins?« Lange hatte er darüber nachgedacht, aber keine der vielen Antworten, die ihm im Lauf der Zeit eingefallen waren, befriedigte ihn wirklich.

Die Frage vibrierte eine Zeitlang in der Luft.

Der Mystiker blickte in die Ferne. Schließlich machte er eine ausladende Handbewegung, als wolle er alles, Himmel und Erde gleichzeitig umfassen, und meinte: »Zu sein, was du bist. Aufzuhören zu sein, was du nicht bist.«

Nach einer Weile fuhr er fort:

»Der Baum fragt nicht nach einem Sinn. Das Blatt fragt nicht nach einem Sinn. Der Vogel, der am Himmel fliegt, fragt nicht nach einem Sinn. Wozu? Wenn du diese Frage stellst, entgeht dir der eigentliche Sinn. Das Sein braucht keinen Sinn. Es ist sich selbst genug, es ist. Wenn du weit und still wie ein spiegelndes Meer bist, fühlst du das Sein in allem anderen. Dann kannst du die Wahrheit erkennen. Dann ist alles lebendig und so voller Schönheit, dass du nicht mehr nach dem Sinn fragst. Die Frage verschwindet, und Freiheit bleibt. Doch der Weg dorthin führt nicht über den Verstand. Er führt über das Herz. In dem Moment, wo du in das reine Sein eintauchst, erschließt sich dir das Geheimnis allen Seins.«

Die Worte drangen tief in Omar ein. Er spürte die Wahrheit in ihnen und dennoch konnte er sie nicht erfassen. Noch nicht.

Der Mystiker beugte sich zum Feuer, griff den Kupferkessel und schenkte sich Tee nach. Nach einiger Zeit des

Schweigens fuhr er langsam, mit eindringlicher Stimme fort, als wolle er mit jedem einzelnen Wort die Essenz spürbar machen: »Wer bist du wirklich? Finde es selbst heraus. Werde still. Spüre den Geist, der in allem enthalten ist, der in allem schwingt:

Spüre das Lied des Windes,
lausche dem Lied des Baumes,
höre das Lied des Steines.
Lausche dem Lied des Wassers,
fühle den Flug des Vogels,
spüre das Lachen eines Kindes
und die Lebendigkeit
eines Grashalms.
Fühle es mit deinem ganzen Herzen,
sieh' das Leuchten darin,
und du wirst das Geheimnis
der Schöpfung entdecken.

Und auf den sternenübersäten Himmel deutend, sagte der Mystiker: »Danach wird nichts mehr sein, wie es war. Du tauchst ein in ein neues Universum. Ein neuer Stern wird geboren in einem Meer aus Milliarden funkelnder Sterne. Jeder Stern singt sein eigenes vollkommenes Lied im großen Konzert der Schöpfung. Folge deinem Herzen, Omar, und du wirst so hell leuchten wie nie zuvor.«

Der Mystiker sandte seinem Schüler einen bedeutsamen Blick: »So, wie der Vogel am Himmel fliegt, wirst du in deinem Sein fliegen, anmutig, frei, voller Schönheit, höher und höher, Grenzenlosigkeit verbreitend, wo auch immer du bist. Darin wirst du tieferen Sinn finden, als du es dir jemals vorzustellen vermochtest. Und alles, was du tust, sei es die einfachste Handlung, wird von diesem Geschmack der Grenzenlosigkeit und Freude durchdrungen sein.«

Omar schwieg. Das Herz verstand die Worte. Während sein Körper am Feuer saß und dem Meister lauschte, begann seine Seele zu fliegen. Seit er sich erinnern konnte, hatte er sich nach Freiheit und Grenzenlosigkeit gesehnt. Jedes Mal, wenn er am Himmel einen Vogel fliegen sah, spürte er diese Sehnsucht.

Freiheit.

Er lächelte.

Er würde seinem Herzen folgen, wie es der Meister gewiesen hatte, wo auch immer es ihn hinführen mochte. Dem Herzen, das auf geheimnisvolle Weise mit allem verbunden war.

Der Nachtwind strich sanft über seine Haut. Es war der Beginn einer endlosen Umarmung durch das Sein.

⋆ ⋆ ⋆

7

Am nächsten Morgen, nachdem sie sich mit frisch bereitetem Fladenbrot, Schafskäse und Oliven gestärkt hatten, meinte der Mystiker: »Heute werde ich dich lehren, wie du Stille in dir erzeugen kannst. Ohne innere Stille kannst du den Klang der Welt nicht vernehmen. Und ohne Stille kannst du auch nicht hören, was dein Herz dir sagen will. Deshalb ist Stille sehr wertvoll. Doch nur wenige Menschen suchen bewusst die innere Stille. Die meisten sind von Unruhe getrieben und im Netz ihrer Gedanken gefangen. Doch jenseits der Gedanken liegt ein großartiges Universum von solcher Freiheit und Schönheit, dass diejenigen, die es je betraten, es nicht eintauschen würden gegen alle Schätze dieser Welt. Stille ist der Schlüssel, der das Tor zu jener anderen Welt zu öffnen vermag.«

»Es ist schwer, die Gedanken zum Schweigen zu bringen«, erwiderte Omar. »Manchmal galoppieren sie in meinem Kopf wie eine Herde wilder Pferde. Sie lassen sich nicht einfangen und jagen meinen Geist mal hierhin, mal dorthin.«

»Du wirst es lernen, es ist nicht so schwer«, entgegnete der Mystiker. »Dein unruhiger Geist lässt sich zur Ruhe bringen, wenn du verstehst, deine Aufmerksamkeit zu bündeln. Dann erzeugt die Schärfe deiner Aufmerksamkeit jene Stille. Woran dachtest du, bevor wir unser Gespräch begannen?«

»An die Frau, die ich liebe«, erwiderte Omar wahrheitsgetreu. »Und zuletzt dachte ich über den Preis nach, den der Händler für unsere Pferde verlangt hat. Ich habe mich gefragt, ob er nicht zu hoch war.«

»Gut«, meinte der Mystiker, »nun schließe für einen Moment die Augen. Dann richte mit derselben gespannten Wachheit, mit der ein Luchs seiner Beute auflauert, deine Aufmerksamkeit vollständig auf den nächsten auftauchenden Gedanken. Betrachte ihn nun, als wenn du ihn mit einer Fackel hell beleuchten würdest, jedoch ohne ihn festhalten oder verändern zu wollen.«

Omar folgte den Anweisungen.

In dem Moment, als er seine gesammelte Aufmerksamkeit hellwach nach innen richtete, schien es ihm, als würden die Gedanken plötzlich in einer Schreckstarre verharren. Da waren keine Bilder oder Worte mehr, da war – nichts.

In ihm wurde es sehr still.

Doch wenn er nicht achtsam war, regte sich bald wieder ein Gedanke. Er probierte die Methode des Mystikers eine Weile aus und meinte dann: »Aufmerksamkeit ist wie ein Licht. Sobald man die Gedanken anschaut, schweigen sie. Doch wenn man nicht achtgibt, fangen sie bald wieder an, sich zu regen. Man muss sehr wachsam sein.«

»Das ist richtig«, sagte der Mystiker. »Doch je mehr du deine Bewusstheit schärfst, umso leichter wird es dir gelingen. Dann wird Achtsamkeit zu deiner natürlichen Gewohnheit, so dass der Verstand schweigt, wenn du ihn nicht brauchst. Erst in diesem Schweigen kann sich dir die wahre Schönheit des Lebens offenbaren. Dann bekommt die Welt einen Glanz, den du mit gewöhnlichen Augen nicht sehen kannst.« Und er dachte bei sich, dass die Welt dann auf eine Weise lebendig würde, wie man es sich in seinen kühnsten Träumen nicht vorzustellen vermochte. Doch es gibt Geheimnisse, die man nicht preisgeben kann, weil sie sich jedem Menschen selbst offenbaren müssen. Es geschieht, wenn die Seele eines Suchers bereit dafür ist.

»Es gibt noch eine weitere Übung, die dir helfen kann, deinen Geist zu beruhigen«, fuhr der Mystiker fort. »Ich werde sie dir zeigen.«

Sie setzten sich einander gegenüber, und der Mystiker lehrte Omar den Atem der Erde, des Wassers, des Feuers und der Luft und zeigte ihm, wie er die Kraft der Elemente nutzen konnte, um seinen Geist zu reinigen.

Sie übten eine Zeitlang gemeinsam. Omar bemerkte, dass er sich mit einem Mal sehr weit und leicht fühlte.

»Von nun an mache es dir zur Aufgabe, diese Übungen jeden Tag bei Sonnenaufgang und Sonnenuntergang zu wiederholen«, sagte der Mystiker. »Das wird dir auf deiner Reise eine große Hilfe sein.«

Sie schwiegen eine Weile und beobachteten, wie der Wind die Wolken über den Himmel trieb, zerzauste und wieder zu neuen Formen modellierte.

»Das Herz ist der wichtigste Führer auf deiner Reise«, ergriff der Mystiker schließlich wieder das Wort. »Ich werde dir helfen, so gut ich es vermag, doch mache dein Herz zu deinem obersten Führer. Es kann dir vermitteln, was keine Worte je auszudrücken vermögen.«

Denn wahre Weisheit konnte nicht durch Worte vermittelt werden. Doch es gab noch einen anderen Weg – der Schlüssel zu verborgenen Welten konnte von Herz zu Herz weitergegeben werden. Ein wahrer Meister besaß die Fähigkeit, die Sehnsucht eines Herzens nach Wahrheit so anzufachen wie ein starker Wind, der ins Feuer bläst, bis es hell aufflammt. Dann jedoch war es seine Pflicht, an der Seite des Schülers zu bleiben und achtzugeben, dass jener die Herausforderungen, die sich auf seinem Weg stellten, sicher überwand. Man brauchte Mut, Beharrlichkeit und innere Stärke, um ans Ziel zu gelangen.

»Wenn die Träume der Seele wahr werden sollen«, fuhr der Mystiker fort, »gibt es nur eine oberste Verpflichtung, und diese ist, auf die Stimme deines Herzens zu hören:

Was immer dein Herz dir flüstert,
wenn du ihm folgst, lebst du.
Wenn nicht, stirbt ein Teil von dir.

Denn durch das Herz flüstert die Seele –
deine Seele und die Weltenseele,
flüstert Gott.

Doch sei achtsam,
die feine Stimme des Herzens
nicht zu verwechseln
mit der lauten Stimme
des Verstandes oder der Angst.

Das Herz wägt nicht ab.
Es fühlt und folgt dem Ruf der Liebe,
dem Ruf der Schönheit,
dem Ruf der Freiheit,
dem Ruf der Stille.
Die Weisheit deines Herzens
eröffnet dir das gesamte
Universum.«

›Genau deshalb habe ich mich auf den Weg gemacht‹, dachte Omar im Stillen. ›Welche Herausforderungen auch immer mir noch begegnen mögen – ich werde mich ihnen stellen, um jene großartigen Welten kennen zu lernen, von denen mein Meister spricht. Denn das ist meine Sehnsucht.‹

Und Sehnsüchten musste man folgen.

☆ ☆ ☆

8

Wenn sie nicht miteinander diskutierten oder über Gott kontemplierten, unterwies der Mystiker seinen Schüler in der Deutung der Schriften und lehrte ihn weitere Feinheiten der Musik und Heilkunst. In der übrigen Zeit genoss Omar es, die Umgebung zu durchstreifen.

Eines Nachmittags saß er im Schatten der Felsen unterhalb der Quelle und betrachtete die Blumen, die in unmittelbarer Nähe des kleinen Wasserlaufs verschwenderisch blühten. Blaue Iris und Mohnblumen, die im Frühling die Wiesen der Täler in leuchtende Farbteppiche verwandelten, weiße und gelbe Blumen, deren Namen er nicht kannte.

Nicht eine Blume glich einer anderen. Selbst wenn sie von einer Art waren, unterschieden sie sich doch in der Form oder Farbe der Blüten. Nicht zwei hatte der Schöpfer gleich erschaffen. Jede einzelne war auf ihre Weise schön, und diese natürliche Schönheit umfasste auch Unregelmäßigkeiten im Wuchs. Doch die Blumen schien das nicht zu kümmern, denn selbst die kleinste Blüte leuchtete mit einer absoluten Selbstverständlichkeit.

›In der Natur hat alles seinen Platz‹, dachte Omar. ›Jedes Lebewesen und jede Form ist so, wie sie geschaffen ist, vollkommen.‹ Nur der Mensch verglich sich mit anderen, und daraus erwuchs Unzufriedenheit. Doch so sperrte man das Glück aus, denn das klopfte nicht an die Tür eines unzufriedenen Menschen.

›Die Blumen erinnern uns an eine schlichte Wahrheit‹, überlegte Omar. ›Sie offenbaren ihr strahlendes Sein, so wie sie erschaffen wurden. Und gerade dadurch sind sie vollkommen.‹ Fehler und Unvollkommenheiten waren lediglich Erfindungen des Menschen, der die Schöpfung bewertete und so Leid erschuf, doch die Schöpfung selbst war frei davon.

Er beschloss, von nun an jede Blume, auf die sein Blick fiel, als willkommene Erinnerung zu betrachten, es ihr gleich zu tun: frei und unbeschwert sich an der Sonne, dem Wind und dem Regen zu erfreuen. Es gab so viele Dinge, über die man sich freuen konnte, wenn man sein Herz und seine Sinne nur dafür öffnete.

***

9

Fast jeden Tag lernte Omar etwas Neues hinzu. Einmal war es eine Abfolge bestimmter Bewegungen, welche Körper und Geist in Harmonie zu bringen vermochten. Ein anderes Mal lehrte ihn der Mystiker heilige Silben, die er im Geist wiederholen sollte.

»Es sind Schlüssel zur Welt der Seele«, hatte der Mystiker erklärt. »So wie sich eine Blume zur Sonne wendet, richten diese Silben dein Innerstes zur Seele hin. Wiederhole sie so oft in deinem Herzen, wie du vermagst. Denn die Seele offenbart sich demjenigen, der sie ruft.«

Und so wiederholte Omar die Worte wieder und wieder, bis sie ein Teil von ihm wurden und sein Herz die Silben sang, ob er wachte oder schlief. Morgens erwachte er mit ihnen auf den Lippen, und abends murmelte er sie vor sich hin, bis er in den Schlaf hinüberglitt. Die Worte berührten auf magische Weise sein Herz und weckten in ihm eine Sehnsucht, die er nicht in Worte fassen konnte.

›Es gibt also die Sprache der Seele und andererseits die Sprache des Verstandes‹, überlegte Omar eines Mittags, als sie sich gemeinsam im Schatten eines Baumes ausruhten. Die Sonne stand hoch im Zenit, und der Schatten spendete erfrischende Kühle.

»Die Seele spricht durch das Herz«, hatte der Mystiker gesagt. Und dass man seinem Herzen folgen musste, um seine Bestimmung zu finden. Doch auch der Verstand hatte nützliche Einfälle. Manchmal schien es Omar schwierig, zu unterscheiden, ob ein plötzlicher Einfall vom Verstand stammte oder ob es die Seele war, die mit ihm sprach.

»Wie kann ich unterscheiden, ob die Seele mit mir spricht oder der Verstand?«, fragte er in die schläfrige Mittagshitze hinein. Einige Ameisen krabbelten über seine Hand, mit einer flüchtigen Bewegung schüttelte er sie ab.

»Die Sprache des Verstandes besteht aus Worten, er bewegt sich auf einer horizontalen Ebene und ist an die Zeit gebunden«, antwortete der Mystiker. Er nahm einen Zweig vom Boden auf und zeichnete einen horizontalen Strich in den Sand.

»Der Verstand bewegt sich entlang einer Linie zwischen Vergangenheit und Zukunft«, fuhr er fort. »Er sucht nach Begründungen und zieht Schlussfolgerungen. Er nimmt deine Erfahrungen, Erlebnisse und dein Wissen und erschafft daraus eine imaginäre Zukunft, die aus dem aufgebaut ist, was du bereits kennst und weißt. Selbst die Träume des Verstandes sind daraus erschaffen, ebenso wie seine Ängste. Der Verstand kann niemals etwas vollkommen Neues erschaffen, er ist zu begrenzt. Wahre Inspiration stammt immer von einer Ebene jenseits des Verstandes. Die Eingebung wird empfangen und wird anschließend vom Verstand in Worte gekleidet und umgesetzt. Auf diese Art haben große Weise und Gelehrte wahres Wissen erlangt. Es wird gegeben, wenn ein Mensch dafür offen ist – und wenn es seine Bestimmung ist. Weisheit ist eine Eigenschaft der Seele und des Herzens. Klugheit, Vorsicht und Bedacht sind Eigenschaften des Verstandes.«

Der Mystiker schwieg einen Moment. Dann fügte er hinzu: »Reines Wissen ohne Weisheit ist wertlos. Viele Schriftgelehrte wissen nicht, worüber sie sprechen. Sie rezitieren Verse über die absolute Wahrheit, ohne sie zu kennen, denn sie haben sie niemals erfahren. Doch nur Erfahrung führt zu Weisheit. Nur was man erfahren hat, gehört einem wirklich.«

›Das ist wahr‹, dachte Omar und erinnerte sich an die zahlreichen Erlebnisse in den vergangenen Monaten. Zuvor hatte er lediglich davon geträumt, fremde Regionen zu bereisen und ferne Städte kennen zu lernen. Nun waren diese Erfahrungen Teil seiner Wirklichkeit geworden.

»Jenseits des Verstandes liegt eine Welt von strahlender Schönheit und erhabener Größe. Dort erschließt sich dir das Geheimnis allen Seins, dort findest du alle Antworten.« Der Mystiker nahm erneut den Zweig und zeichnete einen Kreis neben die Linie. Er deutete auf den Kreis: »Die Seele argumentiert niemals. Sie versucht nicht, zu erklären oder zu begründen. Sie lebt jenseits von Raum und Zeit in der Ewigkeit. Die Sprache der Seele ist ein

Gefühl, eine Eingebung, ein inneres Wissen in deinem Herzen, das du mit Worten nicht erklären kannst. Die Führung der Seele ist oft unlogisch, spontan und überraschend. Doch gerade daran kannst du sie erkennen.«

Omar erinnerte sich an seine erste Begegnung mit dem Mystiker. Wie ein Magnet hatte es ihn zu dem Fremden gezogen. Dabei hatte er in seinem Herzen helle Freude verspürt und ein seltsames Gefühl der Vertrautheit, obwohl er dem Mystiker niemals zuvor begegnet war.

Dann dachte er an Shalimah. Auch da hatte sein Herz gesprochen, doch auf eine andere Weise. Es war verzaubert gewesen, aufgeregt und erfreut, und auch ein wenig verwirrt. Manchmal hatte er sich auch über sein Herz geärgert, wenn es träumte und ihn ablenkte, so dass er beim Verrichten seiner täglichen Pflichten nicht mehr ganz bei der Sache war. Das Herz konnte sehr gut träumen.

»Die Seele spricht zu dir durch dein Herz«, griff der Mystiker Omars Gedanken auf. »Du spürst es in deiner Brust, wenn dein Herz sich vor Freude weitet. Oder wenn dein Herz sich zusammenzieht, weil es Unbehagen oder Gefahr spürt. Manchmal schickt dir die Seele auch Visionen und Träume. Dies sind wertvolle Zeichen. Wer sie achtsam wahrnimmt und zu deuten lernt, besitzt einen wichtigen Schlüssel.«

»Manche Träume sind nur sehr schwer zu verstehen«, wandte Omar ein. Er träumte oft. Doch seine Träume waren meist so verworren, dass es ihm schwerfiel, einen Sinn darin zu erkennen.

»Ich werde dir helfen, die Träume zu deuten und wahre von falschen Zeichen unterscheiden zu lernen«, erwiderte der Mystiker.

»Welche sind wahre und welche falsche Zeichen?«

»Wahre Zeichen sind bedeutungsvolle Träume und Visionen, in denen sich dein Weg oder ein nächster Schritt auf deinem Weg offenbart. Manchmal warnen dich die Bilder auch vor einer drohenden Gefahr. Dann ist es klug, diesen Weisungen zu folgen. Durch sie wirst du geführt. Ohne Bedeutung sind dagegen Träume, welche keinerlei Führung bieten. In ihnen verarbeitet der Geist Erlebnisse des Tages oder der Vergangenheit. Solche Träume können seltsam und verworren sein. Besondere und wichtige Träume erkennst du daran, dass du dich deutlich an sie erinnerst oder sogar davon aufwachst. Unterschätze nie die Kraft der Träume. Sei wachsam und versuche stets, ihre Bedeutung zu erfassen.«

Der Mystiker dachte, dass sein Schüler sicher nicht ahnte, wie umfassend die verborgene Welt der Seele mit ihren Zeichen, Visionen und Fügungen wirklich war. Je weiter man in diese Welt eintauchte, umso größer wurde sie. Daher kam es nicht selten vor, dass ein Schüler viele Jahre an der Seite seines Meisters verbrachte, so wie es seiner individuellen Bestimmung und Persönlichkeit entsprach.

Ein guter Lehrer erkannte stets die Sehnsucht im Herzen seiner Schüler und half ihnen, ihren Weg zu finden. Denn die Herzen und Wege der Menschen sind verschieden, und ein jeder muss seinen eigenen Weg gehen. Niemals ist es möglich, den Weg eines anderen zu gehen, ohne sich dabei selbst zu verlieren. Bei einigen Menschen ist die Sehnsucht nach Wahrheit so groß, dass sie die Bereitschaft haben, bis ans Ende der Welt zu reisen, um sie zu finden. Sie scheuen weder Hunger noch Durst und folgen dem inneren Ruf wie Nachtfalter dem Licht. Zu ihnen spricht das Universum selbst. Sie brauchen den Meister nur für kurze Zeit, um verschlossene Pforten zu öffnen, so dass sie ihrem Weg danach allein weiter folgen können.

Omar lernte schnell.

»Oft sendet uns die Seele Zeichen«, nahm der Mystiker das Gespräch wieder auf. »Es sind Botschaften und Hinweise auf unserem Weg. Wenn wir achtsam sind, können wir diese Botschaften erkennen und entschlüsseln. Achte daher auf die Zeichen. Wenn dein Blick auf etwas gelenkt wird, frage dich nach der Bedeutung, denn nichts geschieht zufällig. In dem Maße, wie du lernst, deinem Herzen zu vertrauen, wird sich dir die Bedeutung der Zeichen mehr und mehr offenbaren. Denn das Herz versteht die Sprache der Seele.«

Der Mystiker zeichnete einen Pfeil in den Sand, der in das Zentrum des Kreises deutete.

»Um zu erfahren, wer du wirklich bist, musst du die Welt des Verstandes verlassen und dich in die Welt der Seele begeben. Es braucht Mut, das Alte loszulassen und in das Unbekannte einzutauchen. Doch nur so kannst du vom Endlichen in die Welt des Unendlichen gelangen.

Dort wirst du finden, was du suchst. In der Unendlichkeit erkennst du dein wahres Gesicht. Präge dir deshalb diese Verse ein, damit du dich stets an sie erinnerst:

Wende dich dem Herzen zu,
wenn der Verstand
nicht mehr weiter weiß,
und es wird einen Weg geben.«

»Wird es mir bestimmt sein, die Unendlichkeit zu erfahren?«, fragte Omar hoffnungsvoll.

»Inshallah«, erwiderte der Mystiker. »Allah ist groß und gnädig.«

☆ ☆ ☆

10

Bereits vor Sonnenaufgang hatten sie die Pferde gesattelt und sich auf den Weg gemacht, um zu einer entfernten Schlucht zu gelangen. Hier wollte der Mystiker seinen Schüler in die tieferen Geheimnisse der Kräuterheilkunde einweihen. Denn es war eines, die rein medizinische Wirkung der Kräuter zu kennen, darüber hatte Omar bereits viel gelernt. Doch um ein wahrer Heiler zu sein, musste man es auch verstehen, die Seele der Pflanzen zu lesen. Denn so erfuhr man, welche Heilkräfte sie für Herz und Seele der Kranken bereithielten, wie man sie ernten und behandeln musste, um optimale Ergebnisse zu erzielen. Dieses Wissen machte die Mittel des Mystikers besonders wirksam. Seine Heiltränke und Salben waren sehr begehrt und bewirkten oft Wunder.

Die Pferde, über die Abwechslung erfreut, drängten ungestüm vorwärts. Zu allen Seiten erstreckte sich die hügelige Graslandschaft, am fernen Horizont ragten ein paar mächtige Berge auf.

Einige Stunden verstrichen, bis sie die eindrucksvolle Schlucht erreichten, die tief die hügelige Ebene durchschnitt. Einst hatte sich hier ein breiter Fluss seinen Weg gebahnt. Im Lauf der Zeit hatte er sich tief in den felsigen Untergrund gegraben, so dass eine grandiose, viele Fuß tiefe Schlucht entstand.

Nun war der mächtige Fluss fast versiegt. Nur noch ein schmaler Lauf war übrig, doch es genügte, um am Grund der Schlucht eine seltene Vielfalt von Pflanzen, Kräutern und schattenspendenden Bäumen gedeihen zu lassen.

Sie hielten an einer Stelle, wo sich die Schlucht öffnete und einen Einstieg ermöglichte. Ein Windstoß wirbelte den Sand auf, als sie von den Pferden stiegen, und brachte eine Prise kühler, würziger Luft aus der Tiefe der Schlucht mit.

Omar betrachtete die schroffen Felswände, die in verschiedenen Braun- und Orangetönen leuchteten. Er frohlockte innerlich – wieder würde er neue Geheimnisse aus dem unendlichen Wissensschatz seines Meisters erfahren.

Vorsichtig begannen sie den Abstieg. Auf dem Pfad blieb der Mystiker hier und dort stehen, um auf ein unscheinbares Kraut oder einen Strauch zu deuten, der am Wegesrand wuchs. Er beschrieb die Unterschiede und Kennzeichen der einzelnen Pflanzen und erklärte, wofür man ihre Blüten, Blätter, Rinde oder Wurzeln einsetzen konnte, um Krankheiten bei Mensch und Tier zu heilen.

»Um die tiefen Geheimnisse der Heilkunst zu erfahren«, erklärte der Mystiker, als sie vor einem kniehohen Busch standen, der über und über mit weißen Blüten bedeckt war, »musst du lernen, mit der Seele der Pflanze zu sprechen. Wenn die Pflanze bereit ist, wird sie dir alles preisgeben, was du wissen musst, um ein hervorragendes Heilmittel herzustellen. Sie wird dir über Träume und Visionen zeigen, wie ihre Heilkraft wirkt, und dich in der Anwendung weiterer Elemente unterweisen, die du zur Herstellung einer wirksamen Medizin benötigst. Doch wenn eine Pflanze ihre Erlaubnis verweigert, dann respektiere dies. Es hat stets seinen Grund. Vielleicht ist die Pflanze zu schwach, zu alt oder krank. Vertraue stets der Botschaft der Pflanze. Nachdem du geerntet hast, was die Pflanze dir schenkte, gib immer etwas zurück, zumindest deinen Dank.«

Sie pflückten eine Handvoll der Blüten, und der Mystiker lehrte Omar ein Gebet, um Segen für die Pflanzen zu erbitten, die ihre Gaben bereitwillig spendeten.

Am Grund der Schlucht entlang des schmalen Flusses wuchsen hohe Bäume, in deren Schatten sie die Pferde zurückließen. Gelegentlich hielt der Mystiker an, um etwas Rinde, welche bei Fieber half, von einem Baum zu schälen. Ein anderes Mal zeigte er Omar ein unscheinbares niedriges Gewächs, dessen Wurzeln getrocknet, zerrieben und mit einigen weiteren Zutaten vermischt, eine hervorragende Salbe bei Knochenleiden ergaben. Er zeigte ihm Kräuter, welche die Kraft hatten, das Herz zu stärken, und andere, die den Appetit anregten. Einige mussten zu einem Sud zubereitet werden, den der Heiler vor einem Krankenbesuch selbst zu sich nehmen musste.

Der Sud stärkte seine eigene Abwehrkraft und machte sehend, so dass die Ursache der Krankheit leichter zu erkennen war.

Schließlich hatten sie die nötigen Vorräte an Heilpflanzen beisammen und begaben sich in den Schatten der Felswand, um ein wenig auszuruhen.

In eine Felsnische legte der Mystiker einige Kräuter und sprach ein kurzes Gebet. Sorgsam aufgeschichtete Steine an den Seiten der Nische und einige welke Blumen ließen erkennen, dass es sich um einen geweihten Ort handelte.

Schläfrig lehnte Omar gegen den Felsen und strich mit der Hand über die glatte, kühle Oberfläche.

Seltsam.

Er spürte ein Vibrieren unter seiner Hand. Und er vernahm auch einen Ton, ein gleichmäßiges tiefes Summen.

Wie konnte ein Felsen einen Ton erzeugen?

Das Summen schien aus der Tiefe des Steines zu kommen. Fasziniert lauschte Omar. Plötzlich tauchten vor seinen geschlossenen Augen Bilder auf: Er sah kriegerische Reiter in großer Anzahl wild und bedrohlich mit gezückten Schwertern über die Steppe stürmen, zum Kampf bereit. Dann verblasste das Bild. Stattdessen erblickte er nun weiß gekleidete Männer und Frauen mit hellen Haaren und blasser Haut, die innerhalb eines großen Kreises aus übermannshohen Felssteinen standen. Wie bizarre Finger ragten die Felsen in den Nachthimmel. Die Gruppe führte offenbar ein Ritual aus, Omar hörte sie in einer fremdartigen Sprache sprechen und beschwörende Lieder singen, wobei sie ihre Arme gen Himmel erhoben. Doch bevor er die Szene eingehender betrachten konnte, verschwand sie wieder.

Nun erschien vor seinem inneren Auge die Gestalt eines leicht gebeugten alten Mannes, der, sich auf einen Stock stützend, neben einem uralten, knorrigen Olivenbaum stand.

Der Alte winkte ihm, näher zu kommen. Omar folgte neugierig.

Freundliche Augen blickten unter dem Turban aus einem faltigen, wettergegerbten Gesicht, das von einem urwüchsigen Bart umrahmt wurde. Omar fiel auf, dass in den knorrigen Stock, auf den der Alte sich stützte, seltsame Zeichen geritzt waren, Schlangenlinien, Kreuze und andere Symbole, die er noch nie zuvor gesehen hatte.

Der Alte schaute Omar wortlos an, doch sein Blick war von ungeheurer Intensität. Machtvoll wie ein Blitz durchströmte es heiß Omars Körper, und er hatte das Gefühl, innerlich zu glühen.

Darauf hielt der Derwisch eine Hand über Omars Kopf, und, einen langsamen Kreis in der Luft beschreibend, hauchte er einen kaum hörbaren Ton. Omar wusste intuitiv, dass der alte Mann ihn nun segnete. Doch als er sich bedanken wollte, verblasste auch dieses Bild.

Verwirrt nahm Omar einen tiefen Atemzug und öffnete blinzelnd die Augen. Was bedeuteten diese Bilder und der seltsame Ton, den er vernommen hatte?

Er ging ein paar Schritte zum Mystiker hinüber, der inzwischen die Kräuter und Wurzeln zum Trocknen in der Sonne ausgebreitet hatte, und berichtete von seinem Erlebnis.

Der Meister erhob sich und bedeutete Omar, ihm in den Schatten eines Baumes zu folgen.

»Wenn das Herz eines Menschen sich öffnet«, begann der Mystiker zu erklären, »wird er sensibler für die Botschaften der Natur. Die Bäume, Pflanzen, selbst scheinbar leblose Dinge wie Felsen werden dann lebendig und beginnen zu sprechen. Besonders an geweihten Orten wie jenem Felsen können sich Tore zu anderen Welten öffnen für denjenigen, der bereit ist zu lauschen.«

Der Mystiker verstummte einen Moment. Erinnerungen an frühere Zeiten tauchten auf, in denen er selbst viele Male die Weltentore durchwandert hatte, um in vergangene Zeiten zu blicken oder nach Zeichen für die Zukunft Ausschau zu halten. Er war verborgenen inneren Pfaden folgend jenseits der großen Ozeane gereist, hatte Wälder, Städte und Kulturen erblickt, die er in seinem wirklichen Leben niemals zu Gesicht bekommen hatte.

Seit jeher gab es Wege, um Raum und Zeit zu durchqueren, heiliges Wissen, nur Meistern bekannt, das an ausgewählte Schüler weitergegeben wurde. Omar lernte schnell, und die Pforten der verborgenen Welten öffneten sich ihm bereitwillig. Der Mystiker war zufrieden. Er hatte eine gute Wahl getroffen, denn Omar würde sein letzter Schüler sein.

»Der Felsen hat dir einen Teil der Vergangenheit dieses Ortes enthüllt«, nahm er das Gespräch wieder auf. »Doch er gewährte dir ebenso einen Einblick in Ereignisse an einer weit entfernten Stätte – jener Steinkreis. Geweihte Orte sind oft durch feine Adern in der Tiefe der Erde miteinander verbunden. Durch diese Verbindungen ist es möglich, von einem Ort zum anderen zu reisen, ohne sich tatsächlich fortzubewegen, und so Kenntnis von fremden Stätten zu erlangen, die du noch nie zuvor besucht hast. Wer auf diesen Bahnen reist, kann selbst in vergangene Zeiten oder die Zukunft schauen, wenn dies seine Bestimmung ist. Doch nur den Hütern der Erde offenbaren sich solche Geheimnisse. Der Weise, der dir zuletzt erschien, war ein solcher Hüter, und dass er dich gesegnet hat, ist ein gutes Omen.«

In der Tat war es ein besonderes Zeichen, welches dem Mystiker erneut bestätigte, was er so oft geahnt hatte: dass Omar ein außergewöhnliches Talent hatte, zwischen den Welten zu wandern und verborgene Dimensionen zu schauen. Er würde die Tradition, die er ihn lehrte, bewahren und fortführen, dessen war er sich sicher. Er hätte keine bessere Wahl treffen können.

Prüfend warf der Mystiker einen Blick gen Himmel. Die Sonne war ein gutes Stück gewandert, und die Schatten waren bereits länger geworden.

»Es ist schon spät«, bemerkte er daher und erhob sich. »Lass uns aufbrechen, damit wir rechtzeitig zurück sind, bevor die Sonne am Horizont versinkt.«

Sie verstauten die Heilkräuter in einem Beutel. Dann banden sie die Pferde los, füllten am Fluss ihre Wasservorräte auf und machten sich auf den Rückweg.

*

In den folgenden Tagen lernte Omar, welche Kräuter man für heilkräftige Tees mischt, wie man heilenden Sud aus Wurzeln zubereitet und welche Zutaten es braucht, um wirkungsvolle Salben herzustellen, die allerlei Leiden zu lindern vermochten. Er musste sich konzentrieren, denn es waren viele Details, die ihn der Mystiker lehrte. Wenn nur eine einzige Zutat nicht stimmte, verlor das Heilmittel seine Wirksamkeit.

Einmal stieß er versehentlich einen Topf mit Kräutersud um, was großen Zorn seines Meisters auslöste. Omar erschrak zutiefst, selten hatte er den Mystiker so wütend erlebt. Es brauchte einige Zeit und zahlreiche Entschuldigungen, bis der Zorn des Meisters gänzlich verraucht war und sie weiter im Einklang mit der Zubereitung der Heilmittel fortfuhren.

Der Mystiker hatte viele Jahre lang die Heilkunst ausgeübt. In der Tradition, der er folgte, war es wichtig zu wissen, wie man körperliche Leiden lindert, denn wenn der Körper schmerzt, wird es schwierig, die Botschaften der Seele zu hören. Der Mensch war ein feines Gefüge aus Körper, Geist und Seele. Wenn nur eines davon aus dem Gleichgewicht geriet, verlor man die Balance. Deshalb war es für seinen Schüler wichtig, auf allen Gebieten – dem Umgang mit Körper, Geist und Seele – große Fertigkeit zu erlangen. Denn eines Tages würde er anstelle des Mystikers auf den alten Pfaden der Meister wandeln, und die Menschen würden mit ihren Nöten und Sorgen zu ihm kommen. Dies war seine Bestimmung, so hatte es der Mystiker mehrfach in Visionen erblickt.

☆ ☆ ☆

11

Was seine Unterweisungen betraf, so lenkte der Mystiker seinen Schüler oft im Stillen, während er mit geschlossenen Augen im Schatten eines Felsens lehnend in inneren Welten zu weilen schien, wobei gelegentlich ein leises Lächeln seine Lippen umspielte. Denn Herzen und Seelen können ohne Worte miteinander sprechen. Ohnehin war die Sprache der Seele reicher als alle Worte. Den Reichtum der Seele in Worte zu fassen war ähnlich unmöglich, wie die Strahlen der Sonne mit einem gläsernen Krug einfangen zu wollen.

Stets wusste der Mystiker, was im Herzen seines Schülers vor sich ging und welcher Schritt als Nächstes zu folgen hatte, denn er diente selbst als Werkzeug und folgte höheren Gesetzen. Zuweilen empfand er die Gedanken und Gefühle seines Schülers, als wären sie seine eigenen.

Als Wanderer zwischen den Welten lebte der Mystiker sowohl im weltlichen Gefüge als auch in der Welt der Seele, die jenseits des Sichtbaren existierte, und verband durch sein Dasein beide Welten miteinander. Er vermochte die Schönheit und Freuden des weltlichen Lebens zu genießen, ohne sich jedoch darin zu verlieren oder gar sein Herz daran zu hängen. Er liebte das feine Naschwerk aus Honig, Mandeln und Pistazien, süße Feigen und Honigmelonen. Er lachte und scherzte gern mit den Menschen, die zu ihm kamen. Manchmal saßen sie stundenlang beisammen, tranken Tee, rauchten und diskutierten über Politik und alltägliche Dinge.

Doch ebenso gut konnte der Mystiker allein sein. Dann betrat er die andere Welt, lauschte den Gestirnen, der Natur und fühlte den Zustand der Weltenseele. So wusste er stets, was in beiden Welten vor sich ging, der sichtbaren wie der unsichtbaren.

Das war nicht immer einfach. Denn so freudvoll es einerseits war, brachte es andererseits auch eine große Verantwortung mit sich, die tiefere Wahrheit zu erkennen, die jenseits der Träume, Hoffnungen und Illusionen des weltlichen Daseins verborgen lag, und ihr zu folgen. Doch dies war der Pfad seiner Seele, und um in Frieden mit sich selbst leben zu können, musste man der Sehnsucht der eigenen Seele folgen. Dann wiederum belohnte einen das Leben mit dem Gefühl innerer Zufriedenheit und der Gewissheit, auf dem richtigen Weg zu sein, ungeachtet dessen, wie seltsam dieser Weg in den Augen der anderen auch erscheinen mochte.

Das Leben eines Wanderers zwischen den Welten war recht einsam. Selbst wenn der Mystiker von Menschen umgeben war – selten fand sich ein Geist, der dem seinen unmittelbar zu folgen vermochte, und wenn dies geschah, war es Grund zu allergrößter Freude. Dafür jedoch beschenkte ihn das Leben reich mit Einsichten und Offenbarungen.

Jeder Weg hat seinen Preis und seinen Lohn.

Der Mystiker wusste, dass es die Kraft der Seele war, die den Menschen durch alle Irrungen, Wirrungen und Schicksalsschläge hindurch zur Quelle zu führen vermochte. Wer sich auf den Weg machte, in die Hände der Seele begab und ihre Zeichen zu lesen verstand, den würde sie verlässlich zum Ziel führen.

Deshalb berührte er, wohin er auch kam, die Herzen der Menschen – damit sie die Sprache ihrer eigenen Seele wieder verstehen lernten.

☆ ☆ ☆

12

Kurz bevor Omar sein Heimatdorf verließ, hatte ihm ein durchreisender Kaufmann eine seltene Kette aus Kristallperlen geschenkt. Der Reisende, ursprünglich aus Damaskus stammend, hatte einen langen Weg hinter sich, er war auf den Karawanenstraßen des Ostens weit gereist und folgte nun der alten Handelsroute gen Istanbul. Bevor er weiterzog, wollte er in der Herberge des kleinen Ortes ein wenig ausruhen.

Es war kein gewöhnlicher Kaufmann, das sah man gleich. Nicht nur aufgrund der herrlichen Waren, von denen er einige ausgewählte Stücke den übrigen anwesenden Kaufleuten nicht ohne Stolz präsentierte, mit denen er bei Wasserpfeife und Tee ins Gespräch kam. So etwas Schönes hatten die meisten von ihnen noch nie gesehen – wunderbare Stoffe aus feinster Seide, zierliche geschnitzte Pfeifen aus rötlichem Sandelholz und schwarzem Ebenholz, brokatverzierte Pantoffeln, edler Tabak und herrliche Silberbecher.

Die Kleidung des Kaufmanns war aus feinsten Stoffen gewirkt, und ebenso gewählt wie sein Auftreten war auch seine Sprache. Er hatte die Züge eines edlen Mannes mit wachen Augen, die gelegentlich vor Vergnügen blitzten, wenn er im Teehaus der Karawanserei aufregende Geschichten von weiten Meeren erzählte, die er überquert hatte, von fernen Ländern und Palästen, deren Kuppeln mit Gold überzogen waren.

Wenn der Kaufmann erzählte, entstanden vor Omars Augen derart lebendige Szenen aus bunten, exotischen Welten, erfüllt von fremdartigen Klängen, Farben und Gerüchen, als würde er selbst all das erleben, wovon der Händler berichtete. Begierig lauschte er den Erzählungen.

Am letzten Abend, bevor der Kaufmann seine Reise fortsetzte, winkte er Omar zu sich, nachdem die meisten der Zuhörer das Teehaus bereits verlassen hatten. Er stand auf und bedeutete dem Jüngling, ihm zu folgen. Omar zögerte ein wenig, denn er wollte nicht aufdringlich wirken. Doch der Kaufmann winkte ihm erneut und fügte dann hinzu, er wolle ihm etwas zeigen.

Der kleine Raum, der dem Händler als Unterkunft diente, wurde nur spärlich vom gelblichen Licht zweier flackernder Petroleumlampen erhellt. Längs der Wand diente ein schlichtes Lager als Schlafstätte. Dort nahm Omar auf ein Zeichen des Händlers abwartend Platz. Der Kaufmann machte sich am Inhalt eines der zahlreichen Bündel zu schaffen, die überall im Raum entlang den Wänden aufgestapelt waren, angefüllt mit kostbaren Waren.

Nach einer Weile schien er gefunden zu haben, was

er suchte. Er kam mit einem kleinen Beutel aus dunkelblau schimmerndem Stoff zurück und ließ sich neben Omar nieder. Der Beutel war mit zierlichen goldfarbenen Ornamenten, Blumenranken und allerlei fremdartigen Symbolen bestickt.

Der Kaufmann nestelte am Verschluss des Beutels und zog eine wunderschöne Kette aus glänzenden Kristallperlen hervor. Er ließ sie eine Weile durch seine Hände gleiten, betrachtete sie und lächelte dabei abwesend, als ob sein Geist in der Ferne bei etwas sehr Schönem verweilte. Dann jedoch gab er sich einen Ruck und wandte sich Omar zu.

»Diese Kette stammt aus den Bergen des Himalaya«, erklärte er. »Sie wurde von dort lebenden Mönchen auf eine besondere Weise geweiht und hat die Kraft, dem Suchenden Zugang zur höchsten Weisheit zu verschaffen.«

Ehrfürchtig betrachtete Omar die glitzernden Perlen in der Hand des Fremden. Die Kette musste sehr kostbar sein. Es waren klare Perlen, fast so durchsichtig wie Glas, doch manche wiesen einen leicht bläulichen Schimmer auf.

Der Kaufmann ließ die Kette Perle für Perle durch seine Finger gleiten, während er mit gedämpfter Stimme weitersprach: »Diese Kette besteht aus 108 Perlen. Sie wurde mir vom Oberhaupt eines Klosters geschenkt, als ich ein Jahr in einer Einsiedelei des Himalaya verbrachte, um dort Gott zu finden. Ich wollte, so wie du – denn das erkenne ich in deinen Augen – die Welt hinter den Dingen verstehen. Ich wollte den Trost jenseits des Leidens finden, das Lachen jenseits der Traurigkeit. Ich wollte die absolute Wahrheit finden.«

Der Fremde schwieg einen Moment.

»Und? Habt Ihr die absolute Wahrheit gefunden?«, wagte Omar nach einer Weile nachzuhaken.

Der Kaufmann wirkte einen Moment lang in sich gekehrt, als würde er sich erinnern an jenen fernen Ort und jene vergangene Zeit. Dann antwortete er langsam nickend: »Ja. Es war mir vergönnt, den Geist hinter der Form zu erblicken, das All-Eine. Ich sah den Funken der Unendlichkeit, der alles durchdringt, der in den Ozeanen singt ebenso wie in einem Blatt, der in der Luft ebenso enthalten ist wie in einem Sandkorn, einem Grashalm oder einem Vogel. Und – ja, ich habe auch das Lachen jenseits der Traurigkeit gefunden.«

Der Kaufmann lächelte, und mit einem Mal schien es Omar, als würde er von innen her leuchten. Aber vielleicht täuschten ihn auch seine Sinne. Denn es war schon spät in der Nacht, und er fühlte sich ein wenig müde. Wie konnte ein Mensch leuchten? Er kniff kurz die Augen zusammen und öffnete sie wieder. Doch das sanfte Schimmern war immer noch da, wie ein leichter Schein, der den Fremden umgab, während die Petroleumlampen flackernde Schatten an die Wände warfen.

Nach einigen Momenten des Schweigens, die nur durchbrochen wurden von den gelegentlichen Lauten der Tiere in den nahegelegenen Ställen, fuhr der Kaufmann fort:

»Da ich das, nach dem ich suchte, bereits gefunden

habe – und diese Kette war ein wertvoller Schlüssel dabei –, möchte ich sie nun dir schenken. Du sollst dieselbe Gelegenheit erhalten wie ich damals. Denn es ist die Bestimmung dieser Kette, von Wahrheitssucher zu Wahrheitssucher weitergegeben zu werden.«

Omar protestierte erschrocken. Ein so kostbares Geschenk konnte er unmöglich annehmen, er war doch nur ein einfacher Hirte! Doch er hatte auch bemerkt, dass sich seltsame unerklärliche Freude in seinem Herzen ausgebreitet hatte, als er die geheimnisvoll schimmernden Perlen betrachtete.

»Du sollst diese Kette erhalten«, wiederholte der Kaufmann mit Nachdruck. »Ich habe es letzte Nacht geträumt. Mir erschien der Abt des Klosters, in dem ich damals lebte, und bat mich, die Kette an einen jungen Wahrheitssucher weiterzugeben. Er trug mir auch auf, das Mantra weiterzugeben, das untrennbar mit dieser Kette verbunden ist.« Und er dachte bei sich, dass der Mönch in seinem Traum ihm auch prophezeit hatte, er würde jenen Wahrheitssucher an dessen Augen erkennen. Und dass er, als er Omar in die Augen geblickt hatte – er beobachtete ihn bereits eine ganze Weile –, plötzlich wusste, dass er derjenige war, den der Mönch prophezeit hatte.

Der Händler ließ die Kristallkette in Omars Hände gleiten. Sie war überraschend schwer und angenehm kühl. Ein eigenartiges Vibrieren schien von den Perlen in seiner Handfläche auszugehen, doch es war nicht unangenehm. Das Vibrieren wurde stärker und begann, sich entlang der

Arme in seinem gesamten Körper auszubreiten. Verwundert starrte Omar die Kette an. Was für seltsame Kräfte waren da am Werk?

»Du spürst es?«, wollte der Fremde wissen und blickte Omar prüfend an.

Omar nickte stumm.

»Das ist gut, ein sehr gutes Zeichen«, murmelte der Kaufmann. »Wie ich dir bereits sagte, gibt es ein Mantra, das untrennbar mit dieser Kette verbunden ist.«

»Was ist ein Mantra?«, entfuhr es Omar, der augenblicklich seine Unbeherrschtheit bereute. Es war unhöflich, den Fremden zu unterbrechen.

»Es sind uralte heilige Silben«, erklärte der Kaufmann mit leiser Stimme. »Wenn du sie laut aussprichst oder im Stillen denkst, öffnen sie bestimmte Pforten – den Zugang zu geheimen Welten. Das Mantra, was ich dir nun geben werde, ist ein solcher Schlüssel. Behalte diese Worte stets für dich. Erzähle oder zeige sie niemandem. Erst wenn es an der Zeit ist, diese Kette deinerseits weiterzugeben, gib auch die Worte weiter.«

Er zog ein Stück Pergament aus dem dunkelblauen Beutel und reichte es Omar. Es waren mehrere seltsame Silben aus spitzen und geschwungenen Linien darauf gezeichnet. Eines der Zeichen erinnerte Omar an eine Mondsichel, ein anderes sah aus wie eine unvollständige Zahl. Darunter standen drei Worte geschrieben. Omar konnte sie lesen, doch er verstand ihre Bedeutung nicht, waren es doch ihm unbekannte Worte.

Der Kaufmann sprach langsam und deutlich dreimal die Worte laut aus, so dass Omar sich an ihren Klang gewöhnen konnte.

»Präge dir diese Silben gut ein«, mahnte er ihn. Dann faltete er den Zettel sorgfältig zusammen und steckte ihn wieder in den Beutel.

»Diese Worte stammen aus einer sehr alten Sprache mit noch ungebrochener Kraft«, fuhr der Kaufmann mit seiner Erklärung fort. »Wenn du den Schlüssel der Weisheit, das Tor zur anderen Welten finden willst, dann bete mit dieser Kette, indem du Perle für Perle durch deine Finger gleiten lässt, wobei du jedes Mal die Silben wiederholst. Lasse dich von ihnen tragen, wohin auch immer sie dich führen mögen. Diese Kristallkette hat die magische Kraft, dir Antworten auf deine brennendsten Fragen zu offenbaren. Nutze sie daher weise und hüte sie wie einen kostbaren Schatz.«

Es waren verheißungsvolle Worte, einen fernen Zauber verkündend. Der Kaufmann reichte Omar den goldbestickten Beutel, in welchen er die Kette ehrfürchtig hineingleiten ließ. Darauf erhob sich der Händler, glättete seinen Umhang und meinte: »Und nun bitte ich dich, mich allein zu lassen, denn ich bin müde und möchte mich ausruhen, bevor ich früh am Morgen meine Reise fortsetzen werde.«

Omar erhob sich eilig. Fast fühlte er sich ein wenig schwindelig. Was für ein großes, unerwartetes Geschenk war ihm widerfahren! Ein magischer Schlüssel lag nun in seinen Händen und wartete darauf, ihm seine Geheimnisse zu enthüllen. Überschwänglich bedankte er sich bei dem Kaufmann und versprach, den kostbaren Schatz sorgfältig zu hüten.

Seither trug er die Kristallkette bei sich. Noch niemals hatte er sie in der Weise benutzt, wie es der Kaufmann ihm aufgetragen hatte, denn dies wollte er sich für einen besonderen Moment aufheben. Doch vor seiner Abreise war er vollauf damit beschäftigt gewesen, seine täglichen Pflichten zu verrichten und die Tiere zu versorgen. Und seit er mit dem Mystiker unterwegs war, hatte sich tagsüber und an den langen Abenden stets so viel Neues ereignet, dass er nie den rechten Zeitpunkt fand. Einmal jedoch, nur kurz, hatte er dem Mystiker von der Kristallkette berichtet, sie aus dem Beutel genommen und ihm gezeigt, und jener hatte gemeint, es sei eine gute Sache.

Darüber hinaus sagte ihm sein Gefühl auch, dass der rechte Zeitpunkt, um die magische Kraft der Kristallkette zu erproben, noch nicht gekommen war. Er hatte gelernt, auf sein Gefühl zu hören. Es würde ihn wissen lassen, wann die Zeit reif war.

Bis dahin hütete er seinen Schatz.

* * *

13

Omar lehnte schläfrig an einem Felsen. Es war sein Lieblingsplatz. In der Nähe standen zwei uralte Pinien, die von den ständigen Winden gebeugt waren. Er mochte es, seinen Blick über die weite Ebene schweifen zu lassen, liebte die Stille dieses Ortes und die Weite des Himmels über ihm. Hier fühlte er sich geborgen und frei wie ein Vogel. Hier ließ er seinen Geist mit dem Wind tanzen und mit den Wolken fliegen. Manchmal lag er stundenlang da und starrte in endlose blaue Weite über ihm, lauschte dem Ruf der Bussarde und folgte ihren Kreisen, während sie sich immer höher und höher in den Himmel hinaufschraubten. In solchen Momenten fühlte er sich vollkommen glücklich.

Doch da waren diese Fragen. Und wenn sie auftauchten, verflog sein Glücksgefühl augenblicklich.

Was war der Sinn seines Lebens, warum war er hier?

Wo war Gott, und warum war er ihm noch nicht begegnet, so sehr er auch gesucht hatte?

Wie sehr Omar sich auch den Kopf darüber zerbrach, welche Erklärung sich sein Verstand auch ausdachte, nichts davon befriedigte ihn wirklich. Es schmeckte schal, unvollständig und nicht nach der Tiefe, nach der er sich sehnte.

Fast schien es ihm, als wäre sein nach Antworten suchender Verstand wie ein Schiff, das auf dem weiten Meer kreuz und quer von Kontinent zu Kontinent segelte, um einen wertvollen Schatz zu suchen. Doch währenddessen flüsterte ihm eine beharrliche innere Stimme zu, dass dieser Schatz nicht auf der Oberfläche des Meeres zu finden war, sondern in der Tiefe verborgen lag. Und dass man, um diesen Schatz zu bergen, das Schiff verlassen musste …

In Gedanken versunken vernahm Omar mit einem Mal überrascht, wie eine Stimme aus seinem Inneren zu ihm sprach:

»Der Verstand kennt die Wahrheit nicht. Folge deinem Herzen. Das Herz ist unschuldig, und in dieser Unschuld tief in der Wahrheit verankert.

Spring,
durchbrich die Fesseln
des Verstands.
Spring,
mitten in das Unbekannte,
und du landest
in den Armen des Seins.«

Nach einem kurzen Augenblick des Schweigens fuhr die Stimme fort: »Doch du kannst nicht mit deinen kostbaren

Kleidern springen – mit all dem Wissen, den Anschauungen und Konzepten, die du dir zugelegt hast – eines prächtiger als das andere, wie reich verzierte goldbestickte Mäntel, die du trägst. Die prächtigen Kleider, die goldenen Ringe und Ketten deiner Überzeugungen, Erwartungen und Vorstellungen dessen, was du glaubst zu sein oder was du allzu gern wärst – nicht ein einziges Schmuckstück kann bleiben. Erst, wenn du auch den letzten Ring abgelegt hast und völlig nackt bist, unschuldig, folgt der Sprung, und du gelangst jenseits der Mauer, die du zu durchbrechen wünschst. Es geschieht mit dem Ablegen des letzten Rings.«

Omar war verwirrt. Woher kam diese Stimme so plötzlich? War es die Weltenseele selbst, die mit ihm sprach? Doch die Worte, wie seltsam sie auch klangen, sanken tief in ihn ein. Wahrheit hat einen unverkennbaren, einzigartigen Geschmack.

›Der letzte Ring‹, dachte Omar und spürte ein leichtes Zögern. Jegliches Wissen, das er sich angeeignet hatte, alle Bilder, alle Vorstellungen über sich selbst, das Leben, Gott und die Welt hinter sich zu lassen, wie es die Stimme angedeutet hatte, schien ihm eine ungeheure Herausforderung. Denn war es nicht genau das, was ihn als Menschen ausmachte? All dies hinter sich zu lassen er schreckte vor der blanken Unsicherheit zurück, die mit einem solchen Schritt verbunden war. Doch andererseits sehnte sich seine Seele nach Freiheit.

»Und wenn ich den letzten Ring nicht ablegen möchte,

weil ich mich vor dem Unbekannten fürchte?«, fragte Omar leise. Denn Wissen und Überzeugungen, die man im Lauf seines Lebens angesammelt hat, verschaffen einem eine beruhigende Sicherheit, die man nicht so bereitwillig aufgibt.

»Dann sieh einfach, dass dein Verstand die dir teuer gewordenen Ideen nicht loslassen will. Sieh' es einfach nur, ohne es zu bewerten. Sei wertfrei und leer«, antwortete die Stimme. »In dieser Leere ist alle Freiheit enthalten. Aus dieser Leere kann alles entstehen.«

Omar seufzte tief und fühlte sich erleichtert, er spürte, wie eine Last von ihm wich. Keinen Augenblick zweifelte er an den Antworten, denn sie schienen so tiefgründig, dass er sie sich unmöglich selbst erdacht haben konnte. Woher diese Stimme auch kommen mochte, sie zeigte ihm den nächsten Schritt. Es schien gar nicht so schwer – ging es doch nicht einmal darum, etwas Bestimmtes zu tun, sondern vielmehr darum, Altes loszulassen, um endlich die Freiheit zu erfahren, nach der er sich so sehnte. Selbst die Bäume mussten im Herbst ihr Laub hergeben, dafür schenkte ihnen das Frühjahr ein neues Kleid. Loslassen war Teil des Lebens.

Und so sandte er aus der Tiefe seines Herzens seinen Dank an jene Quelle, die mit solcher Weisheit zu ihm sprach.

Eine Windböe kam unvermittelt auf, wirbelte den Sand auf und trieb ein paar trockene Blätter raschelnd vor sich her.

»Es ist alles nur ein Spiel«, hörte Omar den Wind flüstern, »nur ein Spiel.«

Der Wind blies stärker, fuhr ihm durch die Haare und rüttelte an seiner Kleidung, als wolle er ihn aufmuntern.

Omar spürte, wie sein Herz noch leichter wurde.

Es war nur ein Spiel.

Ja, er würde den Sprung wagen, von dem die Stimme gesprochen hatte, und sich auf das Abenteuer einlassen. Auf das Unbekannte.

Was hatte er schon zu verlieren?

⋆ ⋆ ⋆

14

Leuchtend schob sich der Feuerball über den Horizont. Omar liebte die frühen Morgenstunden. Bald würde das Licht der Sonne die Felsen erreichen und sie in eine Goldorange leuchtende Märchenlandschaft verwandeln. Die Kuppen der Hügel schienen dann in Flammen zu stehen, bis die Sonne höher stieg und alles in ein goldenes Licht tauchte.

Sie hatten bereits ihr morgendliches Training absolviert. Diesmal hatte ihm der Mystiker eine Reihe von Körperübungen gezeigt, um Kraft und Geschicklichkeit zu verbessern. Darauf waren Atem- und Konzentrationsübungen gefolgt.

Nun betrachteten beide den Sonnenaufgang.

Hier in den Bergen wie auch in seiner Heimat war das Leben einfach. Man folgte dem Rhythmus der Natur und ihren Gesetzen und kümmerte sich um die wesentlichen Dinge. Jetzt wie auch damals, als er noch mit den Schafen gewandert war, spürte er die Erde unter den Füßen; er roch den Wind und die wechselnden Gerüche, die dieser mit sich brachte. Er sah das Leben im Frühling sprießen und im Sommer verdorren. Als Hirte und Wanderer war man Teil der Natur, und das erzeugte ein Gefühl von Zugehörigkeit.

Seit er mit dem Mystiker reiste, war er jedoch auch Menschen begegnet, die auf eine andere Weise lebten. Da gab es jene, die in Städten lebten und großen Reichtum besaßen. Manche von ihnen wohnten mit ihrer Familie in prunkvollen Häusern, hatten prächtige Kleider, übten einen angesehenen Beruf aus und dennoch waren sie tief in ihrem Herzen unglücklich. Dann wiederum war er einigen Menschen begegnet, die ein sehr einfaches Leben führten, kaum genug zu essen hatten, und doch hatte aus ihren Augen die Freude geleuchtet.

›Reichtum ist also nicht alles‹, hatte er damals überlegt. ›Ob man glücklich ist oder nicht, mag am Zustand des Herzens liegen. Vielleicht liegt es aber auch an der Fähigkeit, sich über das zu freuen, was man hat, selbst wenn es nur sehr wenig ist.‹

In einem der Orte, in dem sie sich ein wenig aufhielten, waren ihm mehrere Krüppel begegnet, Kinder wie Erwachsene. Als er für den Mystiker im Bazar des Ortes einige Einkäufe erledigte, kam er mit einem Teppichhändler ins Gespräch.

»Assalam alaikum. Du kommst von weit her«, hatte der Teppichverkäufer freundlich gegrüßt und ihm ein Glas Tee angeboten. Daraufhin saßen sie vor seinem Laden, Omar erzählte von ihren Reisen und der Teppichhändler berichtete von seinem Leben.

»Jedes Mal, wenn ich einen der Krüppel sehe, danke ich Allah für meine gesunden Hände und Füße«, sagte der Teppichverkäufer, und seine Augen strahlten dabei.

›Selbst wenn man arm war‹, überlegte Omar, ›so waren doch die meisten Menschen wie er selbst mit gesunden Händen und Füßen gesegnet. Wenn man dafür aufrichtig dankbar war, konnte das also bereits einen Hauch von Glück ins eigene Leben zaubern. Und wenn man auf diese Weise das Leben betrachtete‹, sann er weiter, ›würden einem sicher noch mehr wunderbare Dinge auffallen, die Grund genug zum Lächeln gaben.‹

»Dankbarkeit ist wie der Duft einer kostbaren Rose«, bemerkte der Teppichhändler, als ob er in Omars Gedanken gelesen hätte. »Sie lässt die Augen leuchten und berührt das Herz. Dann sieht man die Welt mit anderen Augen.«

›Es gibt also noch eine andere Art von Weisen‹, dachte Omar, nachdem er dem Händler für den Tee gedankt und sich verabschiedet hatte. ›Sie führen ein unauffälliges Leben mitten im Volk, gehen einem gewöhnlichen Beruf nach und berühren doch jeden, der etwas Zeit mit ihnen verbringt.‹

Viele Wege führten zum Glück. Man musste nur achtsam sein, seinen eigenen zu finden.

In einer der abendlichen Versammlungen des Mystikers war Omar ein ungewöhnlicher Mann aufgefallen. Er trug einen zerrissenen wollenen Umhang und hatte einen mächtigen Wanderstab bei sich. Der Länge seines verfilzten Bartes nach schien der Mann sehr alt zu sein, und sein von der Sonne gegerbtes Gesicht war tief zerfurcht. Doch in seiner Ausstrahlung und Haltung lag etwas Erhabenes, etwas Edles und eine spürbare Kraft.

Aus Neugier, denn er wollte herausfinden, was es mit dem ungewöhnlichen Gast auf sich hatte, kam Omar mit einigen Männern ins Gespräch, welche jeden Abend erschienen, um dem Mystiker zu lauschen. Auf sein Nachfragen erklärte man ihm, jener Wanderer sei ein Asket, und beschrieb ihm eine Lebensweise, bei welcher der Mensch allen weltlichen Dingen entsagt und sich der völligen Besitzlosigkeit verschreibt, um zur höchsten Erkenntnis zu gelangen. Die Anhänger dieser Tradition traten äußerlich als umherwandernde Bettler auf, die sich von Almosen ernährten. Asketen meditierten und beteten nicht nur viele Stunden am Tag, sondern unterzogen auch ihren Körper strengsten Prüfungen. Einige davon hatten Omar erschreckt, als man sie ihm beschrieb, denn sie wirkten grausam und unmenschlich. Und doch, so hieß es, lag der Sinn dieser Prüfungen darin, den Körper und die Täuschung der Sinne zu überwinden, um auf diesem Weg die wahre Unbegrenztheit und Glückseligkeit der eigenen Natur zu erfahren.

Auch Omar sehnte sich danach, jenseits der unsichtbaren Grenzen zu gelangen, von denen er spürte, dass sie sein Dasein bestimmten, ohne dass er sie jedoch hätte beschreiben können.

Er wandte seinen Blick ab von der sanft beleuchteten Landschaft und blickte fragend den Mystiker an. »Führt der Weg der Askese auch zu Gott?«

»Viele Wege führen zu Gott«, antwortete der Mystiker. »Der Weg der Askese ist ein harter Weg voller Entbehrungen, und in der Entsagung liegen auch gewisse Gefahren. Asketen werden oft zu Meistern der Selbstüberwindung und Herr ihrer Begierden. Sie bleiben unberührt von Entbehrungen, unter denen andere leiden würden. Auch beherrschen manche von ihnen erstaunliche Dinge. Einige können lange Zeit ohne Nahrung, sogar ohne Atem bleiben oder verspüren keinerlei Schmerz. Dann gibt es solche, die ihre Gestalt an einem Ort zum Verschwinden bringen und in derselben Sekunde an einem weit entfernten Ort wieder auftauchen können. Die Menge hält solche Menschen für große Magier, und was die Welt der Sinne betrifft, mag das auch so scheinen. Auch wenn derlei Fähigkeiten verlockend sind und manch einer sich wünschen mag, ebensolch wundersame Begabung zu besitzen, hüte dich davor, danach zu streben, denn dies weist nicht zum höchsten Ziel.

»Warum nicht? Es ist doch eine große Kunst, seinen Körper zum Verschwinden zu bringen«, wandte Omar ein. Er konnte sich nicht vorstellen, wie so etwas Erstaunliches möglich sein sollte oder wie ein Mensch keinerlei Schmerz empfinden konnte.

»Wenn das Herz nicht gleichzeitig der Liebe folgt, welchen Nutzen sollten Wunderkräfte haben?«, entgegnete der Mystiker. »So wertvoll es für einen Wahrheitssuchenden auch ist, die körperlichen Grenzen überwunden zu haben, sich von Hunger, Schmerz, Lust und Gier, ja selbst vom Schrecken des Todes nicht mehr einfangen zu lassen, so ist dies noch nicht das höchste Ziel selbst. Das letzte Geheimnis liegt im Inneren, und das Herz ist der wahre Meister. In ihm sind die größten Geheimnisse verborgen, die weder mit den Sinnen noch mit dem Verstand zu begreifen sind. Sie enthüllen sich nur demjenigen, der seinem Herzen folgt. In das Herz hat die Seele ihre Worte geschrieben. Ist das Feuer des Herzens einmal entfacht, trägt es dich stetig voran.«

›Doch dieser Pfad ist schmal und ohne Rückkehr‹, dachte der Mystiker bei sich. ›Es ist wahrhaft ein Balancieren auf einem so schmalen Grat wie des Schwertes Schneide. Ein Zaudern, und man fällt in den Abgrund.‹ Um den größten Schatz zu finden, musste der Wanderer, wie einst der Mystiker selbst, zudem durchs Feuer gehen. Es verbrannte alle Illusionen, die einem lieb und teuer geworden waren, und ließ nur das übrig, was man wirklich war. Das schmerzte, doch nur so verschwanden die Schleier, die bis dahin das wahre eigene Antlitz verhüllt und Erkenntnis verhindert hatten.

›Erst wenn die Illusionen zu Asche geworden sind, kann der Phoenix auferstehen‹, sann der Mystiker. Dann wurde dem Wanderer unbeschreibliche Freude zuteil. Bis dahin allerdings galt es, zahlreiche Prüfungen zu bestehen. Doch darüber schwieg er, denn er wollte seinen

Schützling nicht beunruhigen. Man musste mit den Herzen und Seelen der Menschen sehr behutsam sein.

»Jeder Weg hat seinen Wert«, griff der Mystiker das Gespräch wieder auf. »Während der eine sich von der Welt zurückzieht und den Schöpfer jenseits der Erscheinungen sucht, sucht ihn der andere in der Welt. Beides sind Teile des Ganzen. Wer Gott nur jenseits der weltlichen Erscheinungen sucht und die Welt ablehnt, übersieht leicht, dass er auch in den Dingen selbst verborgen ist, in jedem Bestandteil der Schöpfung. Doch um dies zu sehen, braucht es ein offenes Herz. Erst wenn die Bereitschaft da ist, die Schöpfung so zu umarmen, wie sie ist, vereinen sich die Welten in dir, die sichtbare und die unsichtbare, und der Geschmack von Vollkommenheit wird spürbar. Denn der Schöpfer zeigt sich in dieser Welt wie auch im Unmanifesten, und am Ende ist alles eins. Wahre Freiheit und Größe erlangt, wer in seinem Herzen alles umarmt, eins damit wird, nicht Widerstand, noch Verlangen, noch Urteil hat. Dann schwingt sich seine Seele hoch in die Lüfte, und seine Freiheit reicht weit über die Grenzen dieses Universums hinaus.«

Wie ein Zeichen tauchte ein Falke am Himmel auf.

Sie beobachteten den Vogel, wie er pfeilschnell die Lüfte durchschnitt.

»Der Mensch ist ein Bindeglied zwischen Himmel und Erde, und der Körper gibt Herz und Seele eine Heimstatt«, bemerkte der Mystiker. »Er trägt das Abbild des Universums in sich, denn er ist aus denselben Elementen erschaffen – Feuer, Wasser, Luft, Erde und Geist. Durch den Körper kannst du wirken und große Taten vollbringen. Doch sei dir auch der Grenzen deines Körpers bewusst. Die Welt ist in Wahrheit weit umfassender, als es deine physischen Augen zu erkennen vermögen. Dennoch können sie dir große Schönheit enthüllen.«

»Das ist wahr«, erwiderte Omar. Er dachte an die anmutige Erscheinung von Shalimah, ihre fließenden Bewegungen und die farbenfrohen Stoffe, in die sie gekleidet war. Er dachte an die Blumen, die nach dem Regen im Frühling überall aus dem Boden sprossen und deren Anblick sein Herz erfreute, an den Himmel, der ihm ein Gefühl von Freiheit schenkte, wenn er auf dem Rücken liegend in die blaue Weite starrte und seine Gedanken mit den Wolken in ferne Länder ziehen ließ.

»Die gesamte Schöpfung ist kristallisierter Geist«, fuhr der Mystiker fort und machte eine ausladende Bewegung. »Schaue niemals auf andere, ob Mensch, Tier oder Pflanze, mit Geringschätzung herab, sondern lerne, die Schöpfung in all ihren Formen zu lieben. Dann kannst auch du von allem lernen. Denn selbst die kleinsten Dinge wie ein Sandkorn oder eine Ameise vermögen dich Großes zu lehren. Mag manches auch äußerlich unvollkommen erscheinen, so ist doch alles vom selben Geist beseelt. Indem du Achtung, Liebe und Respekt zu deinen Führern machst, wirst du die Schätze finden, die den physischen Augen verborgen bleiben«, schloss der Mystiker.

Dann, nach einem kurzen Augenblick des Schweigens,

erhob er sich, klopfte den Staub aus seinem Gewand und meinte zu Omar: »Doch nun lass uns aufbrechen. Die Zeit deiner Einweihung ist gekommen.«

Er hatte das Datum sorgsam ausgewählt. Nur für wenige Tage würden die Planeten diese besondere Konstellation aufweisen, in der sich die Achse der Welt mit der Achse bedeutender Gestirne vereinte. Es war ein seltenes Ereignis, und man konnte sich glücklich schätzen, in einer Zeit zu leben, in der sich dies ereignete.

Der Einfluss der Gestirne war größer, als die meisten Menschen dachten.

☆ ☆ ☆

15

Sie luden das Notwendigste auf die Pferde und ritten einige Stunden gen Süden, bis sie ein eindrucksvolles Felsmassiv erreichten. Es ragte schroff empor aus den übrigen, sanfter geschwungenen Hügeln und wies statt einer Kuppe ein Plateau auf.

Am Fuß der Felsen im Schatten einiger Bäume banden sie die Pferde an, versorgten sie mit Wasser und Futter und machten sich an den steilen Aufstieg.

Das Felsplateau bot einen weiten Blick über die hügelige Landschaft mit ihren weizenfarbenen Ebenen, in denen hier und dort ein einzelner Baum eingestreut war, bis zu den teils bewaldeten, teils kargen Hügelkuppen und dann wieder schroff emporragenden Felsmassiven. Ein leichter Wind wehte und brachte den Duft sonnenwarmer Erde mit sich.

Hier war der Mystiker selbst vor vielen Jahren von seinem Meister eingeweiht worden. Nun war die Zeit gekommen, dass er seinen eigenen Schüler in die Tradition einführte. Über Generationen hinweg waren die Felsen dieser alten heiligen Stätte Zeugen zahlreicher Rituale geworden.

Sie ruhten sich aus, bis die Dämmerung hereinbrach und der erste Stern am blassblauen Himmel erschien.

Im Schutz eines mächtigen, stufenförmigen Altars aus roh behauenen Felsblöcken, welcher sich im Zentrum des Felsplateaus erhob, entfachte der Mystiker ein Feuer. Er nahm ein farbenprächtiges Tuch aus seinem Bündel, breitete es auf dem Boden aus und bedeutete Omar, sich in die Mitte zu knien. Dann holte er einige Gegenstände aus seinem Beutel hervor – einen schwarz glänzenden, rund geschliffenen Stein, eine kleine, geschmackvoll verzierte Kupferschale, ein silbernes Amulett in Gestalt einer Sonne und eine fein gezeichnete Falkenfeder. Er gab etwas Wasser in die Schale und platzierte jeden der Gegenstände den vier Himmelsrichtungen entsprechend auf den Ecken des Tuchs. Zuletzt brach er etwas Brot ab und legte es auf den steinernen Altar.

Dann begannen sie zu beten.

Der Mystiker hob die Hände gen Himmel und bat den Allmächtigen um Führung und seinen Segen.

Er rief die vier Himmelsrichtungen an, auf dass sie seinen Schützling stets leiten und die richtige Richtung weisen würden.

Er rief die Elemente an und bat sie, sich seinem Schüler zu offenbaren und ihn stets mit allem Lebensnotwendigen zu versorgen.

Er bat die Kraft der Erde und den Geist der Liebe, seinem Schüler ihre verborgenen Schätze zu enthüllen und ihn mit Weisheit zu segnen.

Als der Mystiker zur Erde sprach, war Omar, als könne er den langsamen Herzschlag der Erde unter sich spüren wie den eines riesigen Lebewesens, das in seiner unendlichen Güte allen anderen Geschöpfen Raum und Nahrung bot, selbst wenn man ihm dafür nicht einmal Dank entgegenbrachte. Es war, als ob die Erde zu ihm sang, und er verstand ihr Lied. Tiefes Mitgefühl und Dankbarkeit gegenüber der Erdenmutter regte sich in ihm.

Dann glaubte er zu spüren, wie die reinigende Kraft des Wassers ihn durchströmte, als der Mystiker zu jenem Element sprach, und wie es alle Schwere fortspülte, die sein Herz belastet hatte. Er dankte dem Wasser dafür.

Als der Mystiker das Feuer anrief, glaubte Omar, die Hitze des Feuers zu spüren; die Elemente schienen ihrem Meister zu gehorchen. Das Feuer umhüllte ihn mit seiner Wärme und zündete eine Flamme in seinem Inneren an. Ihm wurde sehr warm, und er dankte dem Feuer für seine Kraft.

Dann spürte er, wie der Wind zunahm, als der Meister ihn herbeirief. Der Wind blies erst sanft, dann stärker und schenkte ihm Leichtigkeit. Er dankte dem Wind dafür, denn nun fühlte sich sein Herz so leicht, frei und weit an, als hätte die gesamte Welt darin Platz.

Der Mystiker griff nach der Kupferschale und versprengte ein paar Tropfen Wasser über Omar. Dann nahm er ein helles Pulver, malte ihm ein Zeichen auf die Stirn und segnete ihn.

»Bismillah, mögest du die Wahrheit erkennen«, sagte

der Mystiker, hob seine Hände zum Himmel und dankte dem Schöpfer.

Mit Anbruch der Morgendämmerung machten sie sich auf den Rückweg.

☆ ☆ ☆

16

Nach ihrer Rückkehr hatte Omar als erstes die Wasservorräte an der Quelle aufgefüllt und ruhte sich nun auf einem nahen Felsen aus.

Er dachte an Shalimah. Wie es ihr wohl ergehen mochte?

Seit Tagen sehnte er sich nach ihr. Er wollte ihre Wärme spüren, ihre glänzenden, schweren Haare berühren und ihre zarte Haut. Er träumte davon, in ihre leuchtenden Augen zu schauen und darin zu versinken. Sein Herz träumte vom Einssein mit der Geliebten, so sehr, dass es manchmal wehtat. Dann lag er stundenlang wach, starrte in den Nachthimmel und fragte sich, ob die Sterne wohl wussten, wie es in seinem Herzen aussah.

Doch vielleicht – und bei diesem Gedanken zerriss es ihm fast das Herz – würde er Shalimah nie wiedersehen. Vielleicht würde sein Traum, an ihrer Seite zu leben, niemals in Erfüllung gehen. Denn schließlich war er nur ein einfacher Hirte, und es lag nahe, dass ihr Vater sie an einen reichen Händler verheiraten würde, der ihr eine sichere Zukunft bieten konnte. Vielleicht war dies sogar bereits geschehen.

Und wenn er ihre Zuneigung inzwischen verloren hatte? Dieser Gedanke schmerzte so sehr, dass sich Verzweiflung in ihm ausbreitete: Was war der Sinn seiner ganzen Reise, wenn der Mensch, den er liebte, nicht an seiner Seite war? Zweifellos liebte er auch seinen Meister, doch das war eine andere Art von Liebe. Wo war wirklich sein Platz im Leben, wo gehörte er hin?

Salzige Tränen liefen über Omars Gesicht, als er auf das Wasser blickte, das gleichmütig dahinfloss.

Ein leichter Wind kam auf, und mit dem Wind hörte er, wie eine Stimme ihn fragte:

»Ist es schlimm, nicht zu wissen, wohin du gehörst? Du bist wie das Wasser, das durch das Flussbett fließt. Du bist in meinen Armen, wo auch immer du bist.«

Omar stutzte. War es das Wasser, das mit ihm sprach? Oder der Wind? Doch die Worte wirkten beruhigend auf seine aufgewühlte Seele.

»Das Herz hat niemals Angst vor Ablehnung, es ist frei von Zweifeln«, sang die Stimme,

»Das Herz liebt einfach,
grenzenlos.
Wenn der Verstand schweigt,
schwingt es sich empor
in die Weiten des Himmels
und umfasst in seiner Liebe
das gesamte Universum.

Der Verstand lebt innerhalb der Mauern
von Angst und Begrenztheit.
Der Verstand wird das Wesen
der Liebe niemals begreifen.

Durchbrich die Fesseln des Verstandes
und folge deinem Herzen in die Freiheit.
Das Herz kennt den Weg.
Vertraue ihm.«

Die Stimme schwieg. Silbrig floss das Wasser dahin, stetig und unberührt.

Woher die Stimme auch kommen mochte, sie war tröstlich, fast spürte Omar sogar Erleichterung. Vielleicht konnte sie ihm auch Antworten geben?

So fragte er noch ein wenig bekümmert zurück: »Was ist der Sinn des Lebens?«

Und er vernahm die Antwort: »Freude.«

»Freude?«, entgegnete Omar verwundert und starrte auf den Wasserlauf. Wasser war schließlich ebenso Ausdruck des Lebens wie die Blumen, Tiere und er selbst. Doch wie konnte der Sinn des Wassers in Freude liegen? Dies schien ihm völlig ausgeschlossen.

Die geheimnisvolle Stimme erwiderte: »Das Wasser ist sich seiner selbst nicht bewusst. Der Mensch dagegen ist gesegnet mit Bewusstheit und der Fähigkeit, Freude empfinden zu können. Das ist in dieser Weise einzigartig. Die anderen Formen der Schöpfung – Tiere, Pflanzen, Felsen,

Farben, Düfte und alle Variationen des Seins existieren, um euch zu erfreuen und euch mit ihrer Vielfalt zu dienen. Diese Welt ist einzigartig im Kosmos. In keinem anderen Universum existiert etwas Vergleichbares. Diese Vielfalt und diesen Ausdruck von Leben gibt es nur hier.«

Die Stimme verstummte.

»Warum empfinde ich dann gerade keine Freude?«, wollte Omar wissen.

»Weil du am Traurigsein festhältst«, antwortete die Stimme.

»Und warum mache ich das?«

»Ich weiß nicht«, meinte die Stimme. »Gefällt es dir?«

Omar musste lächeln.

Die Stimme hatte recht. Er spürte, wie sich eine wohltuende Stille in ihm auszubreiten begann. Die Worte schenkten seinem unruhigen Geist Frieden und weckten in ihm ein Vertrauen, das sein Herz kannte.

Nach einer Weile des Schweigens nahm er das Gespräch wieder auf und fragte:

»Was kann das Leben mir noch bieten?«

Die Stimme antwortete: »Nur Sein. Freude entsteht, wenn du aufhörst zu grübeln, wenn du eine Blume oder das Wasser betrachtest, ganz darin versinkst und dich selbst dabei vergisst.«

Omar spürte die tiefe Wahrheit, die in diesen Worten lag. ›Und doch‹, dachte er bei sich, ›ist das Leben oft mühsam und anstrengend.‹ Warum konnte das Leben nicht leichter und unbeschwerter sein?

»SEI mehr«, antwortete die Stimme auf seine Gedanken. »Vertraue. So gelangst du in den Fluss des Lebens. Dann kannst du die notwendigen Dinge mit Unterstützung des Lebensstroms erledigen, welcher dich mühelos voranträgt. Ohne seine Hilfe ist es viel anstrengender. Und was die Freude betrifft: Erinnere dich jeden Abend an die Geschenke des Tages. Das wird dich mit dem Lebensstrom verbinden.«

›Wie wahr‹, besann sich Omar. Es war leicht, in trübsinnige Gedanken zu verfallen und darüber all die schönen Dinge zu vergessen, die das Leben einem schenkte. Er spürte, wie sich sein Herz mit mehr Leichtigkeit füllte.

›Und Shalimah?‹, dachte er hoffnungsvoll. Was würde die Stimme ihm dazu antworten?

Er lauschte.

Eine leise Brise kam auf, strich sanft über seine Haut, und er hörte das Lied des Windes:

»Ich bin der Wind, der dich liebkost.
Ich bin die Geliebte in dir und um dich.
Ich bin alles und in allem.
Wo auch immer du bist,
bin ich.
Ich bin du, und du bist ich.
Wir sind eins.
Wohin auch immer du dich ausdehnst,
wo auch immer du bist,

ist die Geliebte,
dich umarmend.«

Für einen seltsamen Moment hatte Omar das Gefühl, als ob die Luft sich verdichten würde zu flüssigem, goldenem Licht, das er einatmete.

Und der Wind flüsterte ihm zu:

»Die Liebe kann dir ein Geheimnis beibringen, von dem du nur in der Tiefe deiner Seele ahnst. Sie umarmt dich mit ihren Flügeln und trägt dich. Sie weckt dich am Morgen, kühlt dich mit einer sanften Brise am Tag und leuchtet dir mit dem Licht des Mondes bei Nacht. Sie flüstert dir leise ins Ohr, wenn du der Stille der Nacht lauschst. Sie umarmt dich, wo auch immer du bist, und dringt heilend in dein Herz. Sie singt ein leises Lied, das dein Herz kennt. Sie reicht dir die Hand, um dir zu helfen, über die Mauern der Angst ins Freie zu klettern. Wirst du den Mut haben, ihr zu folgen?«

Die Worte berührten eine Saite tief in Omars Innerem. Er spürte, dass sein Herz leben wollte, dass es atmen und lebendig sein wollte. Und er begriff plötzlich, dass Liebe und Schmerz, Sehnsucht und Freude zu empfinden, Zeichen von Lebendigkeit waren, Zeichen des Lebens, das durch ein offenes Herz hindurchfloss.

Ja, er wollte fühlen, wie sein Herz lebte. Er würde der Liebe folgen.

Sein Herz wurde mit einem Mal warm und leicht.

»Ich werde dir helfen, deine Zweifel zu überwinden«,

sprach die Liebe. »Ich werde dir den Rücken stärken, so dass du die Angst offen ansehen und mitten durch sie hindurchgehen kannst. Denn meine Kraft ist größer als die der Angst.«

Die Liebe verstummte und legte sich um ihn wie ein warmer, schützender Mantel. In dieser Umarmung spürte Omar eine neue Kraft. Kein Hindernis würde dieser Kraft widerstehen können, sie war unendlich sanft und doch so mächtig wie ein Ozean. Und er beschloss, die Liebe zu seinem obersten Gebieter zu machen, bereit, ihr zu folgen, wohin auch immer sie ihn tragen mochte.

Er lächelte.

Das Licht der tief stehenden Sonne tauchte die Gräser in ein golden funkelndes Licht, und der Anblick machte ihn glücklich.

⋆ ⋆ ⋆

17

»Ich habe dich erwartet«, sagte die alte Frau.

»Mich erwartet?«, fragte Omar erstaunt. »Woher wusstest du denn, dass ich kommen würde?«

»Ich habe dich seit vielen Monden in meinen Träumen gesehen. Daher bin ich vorbereitet. Komm mit. Ich möchte dir etwas zeigen.« Sie erhob sich und bedeutete Omar, ihr zu folgen.

Sie stiegen einen steilen Pfad hinab, der in eine tiefe Schlucht führte. Die Felswände waren von zahlreichen Höhlen durchsetzt, welche die Witterung geformt hatte. Einige waren offenbar früher einmal bewohnt gewesen, denn zahlreiche schmale Pfade zweigten vom Weg ab und führten zu ihnen. Flink steuerte die alte Frau auf eine der Höhlen zu. Omar musste sich beeilen, um mit ihr Schritt zu halten.

Am Eingang der Höhle holte die alte Frau aus einer Felsnische eine Fackel hervor und zündete sie an. Sie warf nur ein schwaches Licht, doch es genügte, um sich umzusehen. Die Höhle war geräumig, schien jedoch unbewohnt.

Die Alte winkte ihn in eine Ecke.

»Siehst du diesen Kristall?« Sie deutete auf einen grünlich schimmernden Stein, der in einer kleinen Felsnische lag. Obwohl das Licht der Fackel kaum bis dorthin reichte, umgab den Kristall ein geheimnisvolles Leuchten. Es schien von dem Stein selbst zu stammen.

»Dieser Kristall hat die Kraft, deine Träume wahr werden zu lassen, wenn du dich genügend darauf konzentrierst. Wenn du allerdings nicht achtgibst, vermag er ebenso auch deine schlimmsten Ängste zu verwirklichen. Es liegt an dir, worauf du deine Gedanken lenkst. Dann wird dir der Kristall dabei helfen, genau dies Wirklichkeit werden zu lassen.«

Omar fröstelte. Welch eine ungeheure Kraft dieser Stein besaß! Und wie sehr bedurfte es größter Konzentration und Wachsamkeit, um diese Kraft weise zu nutzen.

»Was ist denn deine größte Sehnsucht?«, fragte die Alte.

»Ich habe lange darüber nachgedacht«, entgegnete Omar. »Ich glaube, wonach ich mich am meisten sehne, ist ein Ende des Getrenntseins. Ich möchte mich eins mit allem fühlen. Vielleicht ist es das, was wir das Paradies nennen«, ergänzte er nachdenklich.

Denn wie sehr er auch liebte – Shalimah, den Meister eine schöne Blume oder damals seine Tiere –, schien doch alles getrennt von ihm zu existieren. Selbst eine innige Berührung hatte nichts daran zu ändern vermocht.

Nur in jenen seltenen Momenten, in denen die Tren-

nung auf magische Weise verschwand, hatte er sich zutiefst mit allem verbunden gefühlt – mit der Erde, dem Himmel, den Pflanzen, den Tieren, den Menschen. In diesen Momenten hatte sein Herz vor Freude gejauchzt, und er spürte, dass dies die tiefste Wahrheit war. Es war Gnade, die ihn sehen und fühlen ließ, dass dieselbe göttliche Seele durch alles hindurch strahlte und in solchen Momenten jegliche Getrenntheit fortwischte.

Manchmal, als er allein mit den Schafen die Natur durchwanderte, hatten die Wolken und Berge von der Einheit geflüstert, und einmal hatte ein Baum, in dessen Schatten er sich ausruhte, ihn auf eine zeitlose Traumreise zum Ursprung der Schöpfung mitgenommen, und was er dabei sah, schenkte ihm ein tieferes Verständnis des Lebens.

Eines Tages, das würde er nie vergessen, war ein im Dorf herumtollendes Kind unvermittelt vor ihm stehen geblieben. Für einen Moment hatte es ihn mit klaren Augen blitzend vor Freude angeschaut, und dieser leuchtende Blick war von einer solch durchdringenden Tiefe, dass er wie ein Pfeil mitten in sein Herz traf. Tränen waren in Omars Augen gestiegen, er hatte sich abgewandt und sich über sich selbst gewundert. Doch zugleich hatte er in seinem Inneren auch geahnt, dass auf unerklärliche Weise der Schöpfer selbst in jenem Moment durch die Augen des Kindes geschaut hatte.

Noch ein weiteres Mal war Omar Ähnliches widerfahren. An einem warmen Frühlingsmorgen hatte er sich mit seinem besten Freund Karim auf den Weg gemacht, um einen Berg in der Nähe zu erklimmen. Sie liefen und kletterten den gesamten Vormittag, bis sie schließlich atemlos die Kuppe des Berges erreicht hatten. Stolz, glücklich und voll überschäumender Freude hatte Omar seinen Gefährten angesehen. Und für eine zeitlose Sekunde hatte dasselbe strahlende göttliche Sein durch Karims Augen zurückgeblickt. Wieder hatte es sein Herz zutiefst berührt, beschämt hatte er den Kopf abgewandt, damit sein Freund die verräterische Feuchte in seinen Augen nicht bemerkte. Seltsame, magische Momente waren das gewesen, doch Omar ahnte, dass sie eine tiefe Wahrheit enthielten.

Die magischen Augenblicke waren vorübergegangen, und er war wieder in die Geschäftigkeit des Alltags eingetaucht. Doch seine Sehnsucht danach, die Seele des Schöpfers zu spüren, wurde immer größer in dem Maße, wie er zu ahnen begann, dass hinter all den vielfältigen Formen, die es in der Welt gab, die Einheit verborgen sein musste. Jenseits dessen, was seine Augen sahen und seine Ohren hörten, spürte er etwas, das durch alles hindurchstrahlte und alles miteinander verband – die Menschen, die Tiere, die Blumen, die Sterne, ja sogar die Steine.

»Die Wahrheit«, holte ihn die Stimme der alten Frau aus seiner Erinnerung zurück, »findest du in den Augen eines neugeborenen Kindes, im Streichen des Windes über deine Haut, im Gesang eines Vogels. Indem du den

Schöpfer in den Augen eines jeden Menschen erkennst, der vor dir steht, siehst du die Wahrheit. Alles, was existiert, bildet eine Einheit. Wenn du dich umschaust und durch die Augen deines Herzens blickst, weißt du, dass das stimmt. Den Schmerz der Getrenntheit spürst du nur, weil du deinen Ursprung vergessen hast und daher – wie die meisten – so tust, denkst und handelst, als wärst du von der übrigen Schöpfung getrennt. Das jedoch ist der größte Irrtum. Korrigiere ihn. Das Herz weiß um die Wahrheit. Frage dein Herz, und du findest zurück in die Einheit. Sie wird sich dir überall offenbaren. Das ist alles, was du brauchst und wonach du dich so sehnst.«

Omar dachte an Shalimah, und in seinem Herzen brannte eine Frage: »Ist es möglich, mit einem anderen Menschen wahrhaft eins zu sein, jenseits aller Grenzen?«

Und die weise Frau erwiderte: »Einssein mit einem anderen Menschen ist nur dann möglich, wenn beide dieselbe Sehnsucht teilen, zumindest für einen kostbaren Moment. Der Sehnsucht deiner Seele folgend berührt dich das Einssein in deinem tiefsten Wesen. Um dorthin zu gelangen, musst du alles fallen lassen, was du dir an Schutzpanzern zugelegt hast. Du musst nackt und vollkommen verletzlich sein. Nur dann ist wirkliche Nähe möglich. Doch das macht den meisten Menschen Angst.«

Die Weise schwieg einen Moment, in Gedanken versunken.

Noch immer strahlte der Stein das geheimnisvolle grüne Licht aus. Omar spürte, dass etwas in seinem Herzen ge-

schah, während er den Kristall betrachtete und den Worten der weisen Frau lauschte. Er spürte ein seltsames Vibrieren im Herzen, als wenn eine ungeahnte Kraft aus dem Schlaf erweckt und ins Leben gerufen worden wäre. Das Vibrieren wurde stärker und breitete sich wie eine Welle in seinem Körper aus. Es war jedoch nicht unangenehm und schien ihn mit neuer Lebendigkeit zu erfüllen.

Omar atmete tief durch und sah die alte Frau an. Sie hatte ungewöhnliche Augen von einem tiefen Grün, fast so wie der Kristall, nur dunkler.

»Wie kann man diese Angst überwinden?«, fuhr die weise Frau fort. »Dies ist nur möglich in einer Atmosphäre absoluten Vertrauens und vollkommener Geborgenheit. Sie entsteht, indem man einander mit Respekt und offenem Herzen für die Sorgen des anderen zuhört, indem man einander die eigenen Nöte und Ängste mitteilt und sich gegenseitig hilft, sie zu heilen. Die Basis ist, dass beide dieselbe Sehnsucht nach Einssein teilen. Diese Sehnsucht lässt sie gemeinsam reißende Flüsse durchschwimmen, die tiefsten Sümpfe durchwaten und die höchsten Berge erklimmen. Denn die Kraft der Sehnsucht ist größer als die der Angst. Die Sehnsucht nimmt dich in den Arm und geht mit dir durch die Angst hindurch. Wenn zwei sich begegnen mit der Unschuld und Reinheit eines Kindes, ist Gott da.«

Die Alte verstummte.

Ihre Worte klangen in Omar nach. Es war, als hätten sie in ihm ein Tor zu einer Welt geöffnet, die sein Herz kannte, doch die sein Verstand nicht in Worte fassen konnte.

Dann verschwanden die lebendigen Traumbilder allmählich, und er erwachte.

☆ ☆ ☆

18

Bei Anbruch der Morgendämmerung begaben sie sich wie jeden Tag auf einen Hügel oberhalb des Lagerplatzes. Durch die vielen Stunden, die sie hier verbracht hatten, war Omar dieser Ort mittlerweile vertraut geworden.

Er betrachtete das Wechselspiel zarter Farben am Horizont. Sanft flossen die Hügelketten ineinander, über denen sich ein in rosa und hellblauen Pastelltönen schimmernder Himmel wölbte. In den frühen Morgenstunden, bevor das Leben erwachte, war die Welt sehr friedlich. In jenem zeitlosen Moment, wenn die Nacht bereits gewichen und die Sonne noch nicht aufgegangen war, konnte Omar die Unendlichkeit spüren. Dann, der Stille lauschend, geschah es manchmal, dass er sich eins mit dem Himmel, den Wolken und der weiten Ebene fühlte, und es waren Momente höchsten Glücks. Doch nie gelang es ihm, jene Momente festzuhalten, sie kamen und gingen nach einem eigenen Willen. Daraus hatte er gelernt, Augenblicke des Glücks vollends auszukosten.

Als die Sonne aufgegangen war und sie ihre Übungen beendet hatten, setzte sich der Mystiker zu ihm.

»Letzte Nacht hatte ich einen seltsamen Traum«, meinte Omar. »Ich begegnete einer alten Frau, die mir einen geheimnisvollen grünen Kristall zeigte und mit mir über die Sehnsucht meines Herzens sprach. Was hat dies zu bedeuten?« Er berichtete die Einzelheiten seines Traums.

Der Mystiker lächelte. Manchmal, wenn ein Wanderer auf dem rechten Weg war, erschienen Meister vergangener Zeiten in seinen Träumen, um ihm wichtige Botschaften zu übermitteln. Jedoch wann und ob sich dies ereignete, lag allein in den Händen des Allmächtigen, der die Geschicke aller Wesen lenkte und ihre Seelenfäden kunstvoll miteinander verwob.

»Es ist ein gutes Omen«, erwiderte der Mystiker. »Der Kristall ist ein Symbol für die Kraft deines Herzens. Sie beginnt zu wachsen. Gebrauche sie stets weise, denn sie wird dir ungeahnte Möglichkeiten erschließen und dir Welten offenbaren, welche du dir nicht einmal in deinen kühnsten Träumen vorzustellen vermagst.«

Der Mystiker schwieg. Es war nicht weise, viele Worte zu verlieren. Worte engten ein, und die Wahrheit lag jenseits der Worte. In seiner Tradition hatte das Schweigen deshalb einen hohen Stellenwert, denn im Schweigen öffneten sich Tore, die dem unruhigen Geist verschlossen blieben.

Eine Weile saßen sie still da und beobachteten, wie die Sonne langsam höher stieg.

Der Mystiker sprach als Erster wieder.

»Es gibt ein Geheimnis des wahren Sehens – den seit

Jahrhunderten gelehrten Weg der zweifachen Aufmerksamkeit«, begann er. »Zweifache Aufmerksamkeit bedeutet, du betrachtest einen Gegenstand und nimmst dabei auch denjenigen wahr, welcher den Gegenstand betrachtet. So nimmst du gleichzeitig das Objekt wahr und auch denjenigen, der sieht. Es ist eine einfache Übung von tiefer Weisheit, doch sie verlangt deine vollkommene Aufmerksamkeit.«

Omar blickte seinen Meister erwartungsvoll an.

»Betrachte jenen Felsen dort drüben«, wies ihn der Mystiker an und deutete auf einen einzelnen großen Felsbrocken, der einige Schritte zu ihrer Rechten lag. »Studiere sorgfältig alle Einzelheiten.«

Omar folgte der Weisung. Er konzentrierte sich intensiv auf den Felsenbrocken, nahm dessen Form, die unregelmäßige Oberfläche, die Linien und die feinen Farbschattierungen des Gesteins wahr.

»Nun, da du diesen Felsen betrachtest, wo ist deine Aufmerksamkeit?«, wollte der Mystiker nach einiger Zeit wissen.

»Bei dem Felsen«, antwortete Omar wahrheitsgemäß.

»Als Nächstes, während du weiterhin den Felsen anschaust, tritt in Gedanken hinter deine Augen zurück, in dich selbst hinein.« Der Mystiker schwieg einen Moment, um seinem Schüler Zeit zu geben.

Omar folgte den Anweisungen seines Meisters. Es war erstaunlich leicht. Innerhalb eines Atemzugs, während er weiterhin jede Einzelheit des Felsgesteins wahrnahm, war er sich gleichzeitig auch des Vorgangs des Betrachtens bewusst. Es war erstaunlich.

Der Mystiker wusste, welche Erfahrung in Omar vorging, denn sie waren durch ein inneres Band miteinander verbunden.

»Nun gehe noch einen Schritt weiter und frage dich: Was schaut durch deine Augen?«, fügte der Mystiker hinzu.

Konzentriert und still in sich ruhend folgte Omar auch dieser Anweisung, stellte die Frage, losgelöst und dennoch hellwach den Fels betrachtend.

Plötzlich wurde er aus seiner gewohnten Art des Sehens gerissen. Als wäre er selbst verschwunden, schien mit einem Mal etwas Größeres, Heiliges durch seine Augen zu blicken. In Sekundenschnelle verwandelte sich die Welt, denn dieses Eine nahm die Welt mit anderen Augen wahr: Es erblickte die reine Essenz der Schöpfung.

Omar sah nun, wie ein geheimnisvolles, strahlendes, goldenes Licht im Innersten der Bäume strömte, als wäre es ihr Lebenssaft. Er sah das Licht in den Stämmen, den Zweigen, ja selbst in den Wurzeln, und als er weiter schaute, gewahrte er dasselbe goldene Leuchten in den Gräsern, den Büschen, in allen Pflanzen, ja sogar im Innersten der Felsen. Nie zuvor hatte er so etwas Schönes erblickt, und die Herrlichkeit des Anblicks ließ ihm den Atem stocken. Als sein Blick weiter wanderte, sah er selbst durch seinen eigenen Körper dieses seltsamwundervolle Licht auf unbekannten Bahnen strömen.

Alles, was existierte, schien von dem goldenen Strahlen durchdrungen und belebt, als wäre dies die verborgene, geheime Essenz der gesamten Schöpfung.

Während er staunend in die Betrachtung des herrlichen Lichts versunken war, hörte er, wie eine Stimme in ihm sprach: »Es ist Liebe, die durch deine Augen schaut.«

Liebe.

Die Antwort auf seine Frage.

Und indem er diese Worte vernahm und das Licht sah, spürte er gleichzeitig, wie eine brennende Liebe alles, was existierte, durchdrang, und ihm war, als würde er schier bersten ob der unerträglichen Intensität dieser Liebe.

Doch die göttliche Seele war gnädig.

Nach einem zeitlosen Moment der Ewigkeit verschwand das Leuchten, und unversehens fand Omar sich in der gewohnten Welt wieder. Der Felsen war wieder bräunlich, und alles sah aus wie gewöhnlich.

Doch nun hatte er das Geheimnis erblickt, das im Innersten aller Formen verborgen lag, und sein Herz quoll über vor Dankbarkeit und Freude.

Nun wusste er, dass seine Augen nicht das Wirkliche sahen. Sie sahen nur einen Teil. Um das Geheimnis zu sehen, musste man jenseits der gewohnten Grenzen gehen und sich dem Unbekannten anvertrauen, das im Innersten der Welt verborgen ist.

☆ ☆ ☆

19

Von diesem Tag an geschahen ungewöhnliche Dinge.

Einmal, als sich Omar mittags im Schatten eines Felsens ausruhte, verwandelte sich vor seinen Augen der Boden, wohin er auch blickte, in ein Meer aus flüssigem Gold. Der gesamte Erdboden schien seine gewohnte Festigkeit verloren zu haben, nunmehr verwandelt in einen Ozean aus Licht. Als er befürchtete einzusinken, verschwand die seltsame Erscheinung, und alles sah wieder wie gewohnt aus.

Ein andermal war sein Blick wie zufällig zu seinen Händen gewandert, als sich plötzlich erneut seine Wahrnehmung veränderte. Mit einem Mal erschienen diese Hände ihm als ein vollkommenes Wunderwerk der Schöpfung. Wie verzaubert hatte er auf sie gestarrt. Wie perfekt sie waren! Voller Bewunderung und Staunen betrachtete er jede Einzelheit, als sei es das Erhabenste und Vollkommenste, das er je erblickt hatte. Niemals zuvor hatte er seinen Körper so betrachtet. Und wieder spürte er, war es die Liebe selbst, die durch seine Augen schaute. In den darauffolgenden Stunden hatte er das Gefühl, über den Erdboden zu schweben, als wenn sein Körper so leicht wäre wie eine Feder.

Und einmal, als er vor sich hinträumend in der Nähe eines Baumes saß und einen Vogel dabei beobachtete, wie er sein Lied sang, sah er plötzlich, wie sich die Töne des Vogels als goldene Wellen im Raum ausbreiteten, als wenn man einen Kiesel ins Wasser wirft. Es war ein zauberhafter Anblick.

Zuweilen hatte er das Gefühl, in zwei Welten gleichzeitig zu leben – in jener, die er bereits kannte, und in einer anderen, die seltsam, ungewöhnlich und wunderbar schien, manchmal auch ein wenig beängstigend.

Doch dann vergingen jene außergewöhnlichen Erfahrungen wieder, und es folgten Tage, in denen er jegliche Fähigkeit verloren glaubte, die verborgenen Dinge zu sehen. Die Welt war wieder schlicht und gewöhnlich, und so sehr er sich auch anstrengte, den anderen Blick wiederzuerlangen, es gelang ihm nicht. Das bekümmerte ihn sehr, und so fragte er den Meister um Rat.

»In der Vergangenheit hat mir die Weltenseele wundersame Dinge gezeigt, die dem gewöhnlichen Auge verborgen sind. Doch nun scheine ich meine Fähigkeit, das Verborgene zu sehen, wieder verloren zu haben.« Betrübt schwieg Omar.

»Das Leben offenbart sich niemals zweimal auf dieselbe Weise«, meinte der Mystiker. »Erfahrungen kommen und gehen. Jede Erfahrung birgt in sich einen Zustand, und die Natur von Zuständen ist Vergänglichkeit.

Vergänglichkeit ist ein Gesetz des Lebens. Versuche daher niemals, an einer Erfahrung festzuhalten. Übe stattdessen die Kunst, dich dem Augenblick hinzugeben und vertrauensvoll vom Fluss des Lebens weiter tragen zu lassen, wohin auch immer er dich bringt. Halte niemals fest. Dies erfordert Hingabe und Vertrauen in die Weisheit des größeren Seins, an jenes Mysterium, welches durch alles hindurch wirkt und dich mit größerer Weisheit leitet, als du es je selbst vermagst.«

»Hingabe ist nicht immer einfach«, entgegnete Omar nachdenklich.

Denn in seinem Herzen war er ein Krieger. In den kargen Regionen des Hochlands mit seinen kalten Wintern und heißen Sommern musste man ein Krieger sein, um zu überleben. Man musste den eisigen Wintern trotzen wie der Gluthitze der heißen Sommermonate. Man lernte, der Steppe ihre karge Nahrung abzutrotzen und mit wenig auszukommen. Dafür beschenkte einen die Steppe mit großartiger Weite und einem Gefühl von Ungebundenheit. Omar erinnerte sich an die Worte eines der Dorfältesten: »Wer in der Weite der Steppe lebt, in dessen Adern singt das Lied der Freiheit. Ein Bewohner des Hochlands wird deshalb nie in den engen Gassen einer Stadt glücklich sein. Er ist frei geboren, und die Weite wird immer Teil seines Wesens sein«, hatte der Alte gesagt.

Ein Krieger beugt sich nur einer größeren Macht – dem Allmächtigen selbst und der Natur. Doch die Lebensweise eines Kriegers erfordert großen Kraftaufwand, da es in der Natur eines Kämpfers liegt, sich seinen Weg zum Ziel selbst allen Widerständen zum Trotz zu bahnen.

»Hingabe ist eine Kunst«, unterbrach der Mystiker Omars Gedankengänge. »Es ist nicht weise, dagegen anzukämpfen, wenn das Leben dich in eine andere Richtung lenken will. Das erzeugt unnötigen Schmerz. Sei dir bewusst, dass vor dir bereits andere den Weg gewandert sind, Krieger im Herzen wie du, die jedoch die Weisheit der Hingabe entdeckt haben. Einer von ihnen fasste seine Erfahrung in folgende Worte:

Vertraue stets darauf,
dass du, wo du auch bist,
zur rechten Zeit am rechten Ort,
in der rechten Situation bist,
selbst wenn sich dir gegenwärtig
der große Sinn darin nicht erschließt.
Vertraue darauf, dass das,
was ist, vollkommen ist,
selbst wenn du es nicht verstehst.
Es ist nicht zu verstehen.
Der Verstand kann das Sein
niemals begreifen,
denn er besitzt nur die Weisheit
eines Sandkorns im Universum.

Wage daher den Schritt,
und für einen Moment

höre auf zu kämpfen.
Dann sieh, was geschieht.
So begibst du dich zurück
in den Fluss des Seins.
Dann kann Magie fließen,
auch in dein Leben.«

Der Mystiker blickte versonnen in die Ferne.

Nach einer Weile fuhr er fort: »Der unachtsame Kämpfer beobachtet nicht den Strom. Er springt hinein und rudert sich, auch mit größter Anstrengung, zu jenem Ziel, von dem er glaubt, es unbedingt erreichen zu müssen. Gelangt er schließlich zum ersehnten Ufer, folgt nicht selten die Enttäuschung, weil das Leben nicht dem Bild entspricht, welches er sich ausgemalt hat.

Der weise Krieger kennt dagegen seine Kraft und setzt sie gezielt ein. Er beobachtet den Fluss und nimmt wahr, wohin die Strömung geht. Zwar hat er Pläne, doch unterstellt er sie der Weisheit des großen Stroms. Er rudert nicht gegen ihn an, denn der weise Krieger kennt die Kraft der Hingabe. Er begibt sich in den Lebensstrom, um sich von ihm tragen zu lassen, jederzeit bereit, seine Pläne zu ändern, wenn der Fluss ihn zu anderen Ufern ruft. Er vertraut dem Lebensstrom und wird so von ihm getragen. Der weise Krieger hat die Erfahrung gemacht, dass es manchmal schmerzhaft ist, Wünsche und Ziele loszulassen, wenn das Leben einen anderen Weg einschlägt, als er erwartet hat. Auch hat er die Erfahrung gemacht, dass es in solchen Momenten noch schmerzhafter ist, entgegen der Strömung weiter an den eigenen Plänen festzuhalten. Im Moment des größten Schmerzes, der größten Traurigkeit und der tiefsten Verzweiflung hat er den größten Schatz gefunden – die Hingabe.«

Omar dachte bei sich, dass die Natur sicher ein Meister der Hingabe war. Die Steine ließen sich vom Wasser der Flüsse schleifen, die Bäume ertrugen selbst die stärksten Stürme und die größte Hitze. Die Adler, Falken und Luchse fanden im Frühjahr reichlich Beute, doch in Zeiten der Dürre hungerten sie. Sie ergaben sich dem, was das Leben ihnen brachte, denn sie hatten keine Wahl. Der Mensch dagegen hat Träume, Hoffnungen und Wünsche, und das machte manchmal die Hingabe schwer.

»Auch die Zeiten am Ufer des Flusses sind wertvoll«, fuhr der Mystiker fort. »Sie dienen der Kontemplation und dem Verinnerlichen dessen, was du auf deiner Reise erlebt hast. Während du den Booten zuschaust, die auf dem Fluss vorbeitreiben, sinken deine Erfahrungen tiefer in dich hinein. Bis eines Tages dich der Fluss von neuem ruft, deine Reise fortzusetzen. Dann folge ohne Zaudern. Die Angst, dem Ruf des Lebensstroms zu folgen, hindert die Menschen daran, die Perlen zu finden, die in ihm verborgen sind.

Denn das Leben ist wie eine Perlenkette einzigartiger Erfahrungen. Keine Perle gleicht einer anderen. Einige glänzen von weitem, bei anderen ist der Schimmer dagegen unter einer rauen Kruste verborgen. Gelegentlich musst du auch tief tauchen, bevor du die richtige Muschel entdeckst und die Perle aus ihr holen kannst. Und manchmal schenkt dir das Leben herrliche Perlen ohne jede Anstrengung, dann habe die Weisheit, ein solches Geschenk anzunehmen.«

Der Mystiker hielt einen Moment inne. Erinnerungen an vergangene Zeiten tauchten in ihm auf, Zeiten der Freude, in denen er durch göttliche Fügung große Geschenke erhalten hatte, sowie Zeiten der Entbehrung und des Zweifels, die sein Herz geschliffen hatten, um es von einem Rohdiamanten in einen glänzenden Diamanten zu verwandeln. Manche Erfahrungen konnte man unmöglich sofort verstehen. Der Schatz, der in ihnen lag, offenbarte sich erst, wenn man selbst genügend Erkenntnis, Reife und Bewusstheit erlangt hatte. ›Erst wenn das raue Rad des Lebens und göttliche Gnade die Schleier von unseren Augen entfernt haben, können wir das Geschenk, das wir erhalten haben, klar erkennen‹, sann er.

Leise zischte das Wasser, als Omar den Teekessel vom Feuer nahm. Er schätzte es, mit dem Mystiker über Gott und die Welt zu philosophieren und dabei Tee zu trinken. Teetrinken gehörte zum Leben. Man trank starken, süßen Tee, wenn man mit Freunden beisammensaß, wenn Feste gefeiert wurden oder wenn man beim Handel um Preise feilschte. Es schaffte eine behagliche Atmosphäre und ein Gefühl von Gemeinsamkeit.

Er goss den Tee in zwei fein verzierte Kupferbecher, die der Mystiker einst von einem Kunden als Bezahlung für seine Heilkunst erhalten hatte, und reichte einen davon dem Meister.

»Nicht alle Perlen glänzen auf Anhieb«, nahm der Mystiker das Gespräch wieder auf. »Einige Erfahrungen des Lebens enthüllen ihren Glanz erst nach Jahren, wenn dein Verständnis gereift ist und du ihren Wert erkennst. Indem du der Weisheit deines Herzens vertraust, ihm mutig folgst, wohin auch immer es dich führt, indem du Zeiten der Stille geduldig hinnimmst und ohne Zaudern folgst, wenn der Fluss dich ruft, weiterzureisen, wirst du am Ende deines Lebens stolz und zufrieden deine Perlenkette in den Händen halten und dem Schöpfer danken für ein erfülltes Leben.«

»Woher weiß ich, wann die Zeit gekommen ist, mit dem Fluss zu reisen, und wann es besser ist, zu warten?«, forschte Omar.

»Lerne, die Zeichen zu deuten«, entgegnete der Mystiker. »Dann wirst du zum rechten Moment am rechten Ort sein, und die Dinge werden sich mühelos fügen. Das Leben sendet dir Zeichen. Doch du musst sie erkennen. Dann wirst du stets wissen, was zu tun ist. Derselbe universelle Geist, der in den Bäumen, den Steinen, dem Fluss, dem Falken und in allen Dingen wohnt, singt ebenso in dir. Er wird dich führen, wenn du dich ihm öffnest.«

Der Mystiker schwieg und strich sich über den Bart. Das Leben war voller Zeichen. Man musste sie nur erkennen.

⋆ ⋆ ⋆

20

Omar hatte sich im Schatten einiger Pinien niedergelassen, die hoch oben an einem windgeschützten Abhang wuchsen. Die Felsen glühten noch von der Hitze des Tages, doch es wehte eine angenehme Brise, wie so oft in den späten Stunden des Nachmittags. Omar liebte es, dem Rauschen des Windes zu lauschen, wenn er durch die Baumwipfel fuhr, und zu spüren, wie er über seine Haut strich. Fast schien es, als ob der Wind die Reste des Tages fortwehen wollte, um die Natur vorzubereiten für die stilleren, sanften Abendstunden.

Wie herrlich es nach Piniennadeln duftete!

Er griff nach seinem Bündel, holte eine hölzerne Flöte hervor und betrachtete sie. Es war eine besonders schöne Flöte aus rötlichem Rosenholz. Der Mystiker hatte sie ihm vor einiger Zeit geschenkt, als er in ihrem Dorf weilte. Die Flöte, so hatte er damals erklärt, stamme aus Jerusalem. Der Instrumentenbauer, der sie einst fertigte, hatte kunstvolle Verzierungen aus Blüten, Ranken und feinen Schlangenlinien in das Holz geschnitzt, so dass es bereits eine Freude war, das Instrument zu betrachten.

Seither begleitete die Flöte Omar auf seinen Wanderungen. Sie war ihm ein guter Freund geworden und hatte ihm geholfen, Langeweile zu vertreiben. Mit der Zeit war er ein geübter Spieler geworden. Am liebsten spielte er hoch oben auf einem Hügel sitzend. Dann spielte er für die Wolken, die Vögel am Himmel und die weite Ebene unter ihm, und der Wind nahm seine Töne und trug sie hoch hinaus.

Die Klänge der Flöte waren hell und klar, doch je nachdem, wie er spielte, gelang es Omar auch, wehmütige, melancholische Töne hervorzubringen. Meist jedoch spielte er heitere Weisen oder traditionelle Lieder seines Volkes.

Noch war es still, nur die Baumwipfel flüsterten leise, die der Wind sachte hin und her bewegte.

Da setzte Omar die Flöte an seine Lippen und begann zu spielen. Zuerst leise, sehnsuchtsvolle Töne. Dann jedoch fand er zunehmend Gefallen am Spiel, der Klang der Flöte wurde fröhlich und sang das Lied des Windes – voller Leichtigkeit und Freiheit tanzten die Töne hoch hinauf in die Wolken. Fast unmerklich hatte das Instrument selbst die Führung übernommen. Nicht Omar spielte, vielmehr schien es nun, als spiele die Flöte sich selbst. Als wäre sie selbst zu einem Vogel geworden, sandte sie jubilierende Klänge aus wie die jener Vögel, die hoch oben im Himmel ihr Lied singen.

Als hätten sie auf dieses Zeichen gewartet, ließen sich mit einem Mal einige Vögel auf den Ästen nieder und fielen zwitschernd ein. Es war dieselbe Sprache, die der Vögel und der Flöte.

Voller Staunen und Freude überließ sich Omar der Magie der Flöte, schenkte dem Himmel, den Wolken und den Vögeln herrliche Klänge, bis er müde wurde.

Da verstummten auch die Vögel und flogen kurz darauf fort.

›Wie seltsam und wundervoll‹, dachte Omar. ›Die Vögel sind erschienen, weil der Klang der Flöte sie angelockt hat. Nie zuvor habe ich so gespielt. Wie war das nur möglich, was ist geschehen?‹

Da vernahm er eine Stimme, und sie schien von dem Baum zu stammen, an welchem er lehnte. Er wunderte sich ein wenig. Zwar war die Natur ihm stets ein guter Freund gewesen, doch noch niemals hatte ein Baum zu ihm gesprochen.

»Dein Herz hat gespielt«, antwortete der Baum auf Omars Frage. »Die Natur versteht die Sprache des Herzens und reagiert darauf. Es ist ein kosmisches Gesetz. Das ist das Geheimnis derer, die Regen herbeirufen können, Wüsten fruchtbar machen und Meere teilen. Die Natur beugt sich denen, die mit dem Herzen sprechen, bereit, ihnen zu dienen. So steht es in der Schöpfung geschrieben.«

Der Baum schwieg.

›Wenn ich traurig bin und mit kummervollem Herzen spiele, antworten die Vögel nicht‹, überlegte Omar. Ein ums andere Mal hatte die Flöte ihm dabei genützt, trübsinnige Gedanken zu vertreiben, und indem er sich ins Spiel versenkte, entdeckte er immer wieder neue Melodien. Doch ein solches Wunder wie an diesem Nachmittag hatte sich noch nie zuvor ereignet.

»Das stimmt«, bemerkte der Baum und bewegte sachte seine Äste. »Wenn das Gemüt voller Sorgen und das Herz verdunkelt ist, sprichst du eine andere Sprache. Doch wenn dein Wesen frei ist, so wie vorhin, als du dich selbstvergessen ganz dem Spiel überlassen hast, kann das Herz regieren. Dann spricht es die Ursprache der Schöpfung, und Wunder werden möglich. Doch leider haben die meisten Menschen diese Fähigkeit verlernt, sie sind so voller Geschäftigkeit, dass sie vergessen haben, wie das Herz spricht. Sie haben verlernt, miteinander von Essenz zu Essenz zu kommunizieren. Doch dies ist die Ursprache der Schöpfung, und selbst das kleinste Sandkorn versteht sie.« Der Baum verstummte.

»Ich danke dir«, sagte Omar bewegt. »Es ist wundervoll, mit dir zu sprechen.«

»Warum sollten wir nicht miteinander sprechen? Es ist vollkommen natürlich, und du wirst bemerken, dass sich dir die Schöpfung in vielfältiger Weise mitteilt. So verschieden die Lebewesen auch sind, sobald die Essenz der Wesen miteinander kommuniziert, überwindet dies alle Grenzen. Daraus entsteht große Freude, so wie du es vorhin bei deinem Spiel gespürt hast«, erklärte der Baum. »Denn in jedem einzelnen Bestandteil der Schöpfung ist die Erinnerung an die Einheit enthalten. Doch nur der Mensch vermag zu erwachen und bewusst die größte Wahrheit zu erkennen. Dann feiert die Schöpfung, denn einer ist heimgekehrt.«

Sanft wiegte der Baum seine Äste hin und her.

›Auf seine Art sagt der Baum dasselbe, was mir auch die weise Frau in meinem Traum erklärt hat‹, dachte Omar, während er sich langsam erhob und seinen Blick über die Hügelkuppen schweifen ließ. ›Beide sprechen von derselben Weisheit – der Wahrheit des Herzens.‹ Wenn er zurückblickte, kam es ihm fast so vor, als würden sich, seit er Lehrling des Mystikers war, Schleier, die zuvor noch seine Sicht verhüllt hatten, einer nach dem anderen auflösen, so dass er Tag für Tag mehr Dinge entdeckte, die ihm früher verborgen waren.

Tief sog er den Geruch der würzigen Bergluft ein. Die Sonne war bereits tiefer gesunken und tauchte die Bäume und Felsen in ein oranges Licht. Schon bald würde sie untergehen. Dann wurde es empfindlich kühl, und sie würden ein Feuer entzünden, wie jeden Abend.

Lächelnd dankte er dem Baum für seine Weisheit, verstaute die Flöte und machte sich auf den Rückweg, um Feuerholz zu sammeln und dem Mystiker bei der Zubereitung des Nachtmahls zur Hand zu gehen.

☆ ☆ ☆

21

Das Feuer war fast heruntergebrannt. Omar stocherte in der Glut. Funken stoben auf und tanzten wie Leuchtkäfer in die schwarze Nacht hinein. Am Firmament glommen hell Abertausende funkelnder Diamanten. Wie die Sterne leuchteten und strahlten! Welche Mysterien wohl in ihnen verborgen sein mochten?

Manchmal, wenn er des Nachts am Feuer lag und in den Himmel starrte, hatten ihn die Sterne auf Traumreisen in ferne Welten eingeladen. Es tat gut, zu träumen, denn es machte das Herz froh und ließ einen die Sorgen vergessen. Wo konnte man besser nächtigen als unter dem freien Himmel?

Doch Omar hatte auch bemerkt, dass es Phasen im Leben gab, in denen man die Schönheit der Sterne nicht sehen konnte, obwohl sie wie jede Nacht am Himmel erschienen. Denn wenn Sorgen das Gemüt verdunkelten, war man blind für die Schönheit. Man sehnte sich dann zurück nach einem Gefühl von Freude und Unbeschwertheit, das man verloren glaubte. Wenn das Herz jedoch an einem anderen Tag glücklich war, gelang es einem nicht, das Glück festzuhalten, denn es war so schön und flüchtig wie ein Schmetterling.

Es war eine seltsame Sache, das Glück.

Auch der Mystiker schwieg. Er liebte die friedvollen Stunden der Nacht. Wenn sie mit ihrem sanften Mantel die Erde einhüllte und der Atem der Welt stiller wurde, konnte er die Seele der Welt spüren. Dann nahm er ihre Herrlichkeit wahr, ihre Schönheit, aber auch ihre Traurigkeit. Denn so viel Glück es auf der Erde auch gab, so viel Leiden gab es andererseits. Manchmal raubte ihm die Intensität dieser Wahrnehmung fast den Atem. Dann betete er aus tiefstem Herzen zum Allmächtigen, dass das Leiden der Welt gemindert werden möge.

Wenn man genau hinhörte, und das verstand der Mystiker, konnte man das Lied der Schöpfung hören. Und dies war im Grunde ein Lied der Freude und Harmonie. In dieser Harmonie bildeten Werden und Vergehen einen natürlichen Zyklus. Eins ging in das andere über, in einem perfekten Rhythmus Neues erschaffend, solange dieses Gleichgewicht nicht gestört wurde.

»Es ist merkwürdig«, unterbrach Omar die Stille, und seine Stimme klang nachdenklich. »Einerseits ist die Welt voller Schönheit, und es gibt so wundervolle Dinge wie Liebe, Glück und Freundschaft. Doch ebenso existieren Krankheit, Leid und Zerstörung. Warum ist die Welt so, wie sie ist? Warum kann das Leben nicht einfach nur schön sein?«

Reichtum konnte sich in Armut verwandeln, Liebe in

Hass umschlagen, Schönheit zu Hässlichkeit werden. Nie konnte man sich einer Sache wirklich sicher sein.

»Es gibt Licht und Schatten, weil es die Struktur dieser Welt ist«, sagte der Mystiker. »Es ist eine Welt der Form, und jede Form erzeugt einen Schatten. Strahlt das Licht der Sonne auf einen Felsen, wirft er einen Schatten. Licht und Dunkel sind Gefährten in dieser Welt der Gegensätze. Tag und Nacht, Regen und Dürre, Leben und Tod, Gewinn und Verlust, Ruhm und Schande, Freude und Schmerz wechseln in einem Reigen einander ab. Fügt man diese Gegensätze jedoch zusammen, bilden sie das Ganze. Diese Welt ist das Spiel des großen Träumers. Nur die Erschaffung der Form im Zusammenwirken mit dem Spiel der Gegensätze machte es möglich, dass der Eine sich in der Vielfalt selbst begegnen kann. Wie sonst wäre ein Erkennen möglich, wenn alles eins ist? Das Gesicht des Schöpfers spiegelt sich in den tausend und abertausend Gesichtern dieser Welt.«

Vor Omars innerem Auge tauchte das Bild eines Ozeans auf. ›Wenn alles, was existiert, ein einziges Meer wäre, eine Einheit ohne jeden Unterschied, ohne Form, könnte das Meer sich nicht selbst erkennen‹, dachte er. ›Doch wenn aus dem Meer Inseln emporwachsen mit Bergen, Bäumen, Menschen und Tieren darauf, gibt es Unterschiede. Der Mensch kann auf einen Berg steigen, auf das Meer blicken und den Ozean erkennen, aus dem alles stammt, denn er besitzt Bewusstheit. Vielleicht ist dies das Geschenk des Menschseins?‹

Blumen und Felsen konnten sicher nicht so denken wie der Mensch. Waren Blumen sich ihrer Schönheit bewusst oder Felsen sich ihrer Härte? Und wer unter den Geschöpfen der Natur vermochte die Geschenke von Liebe und Freundschaft oder das Glück einer zärtlichen Berührung so innig zu erfahren wie der Mensch?

Er lächelte.

»Liebe und Freundschaft sind kostbare Perlen des Lebens«, bemerkte der Mystiker, als wenn er seine Gedanken gelesen hätte. »Wenn man sie achtet und nährt, kommt das Glück von selbst.«

»Alle Menschen wollen glücklich sein«, erwiderte Omar. »Jedenfalls scheint es mir so. Seit ich mit euch reise, sind wir sehr vielen unterschiedlichen Menschen begegnet. Wir waren bei den Reichen zu Gast und haben unser Lager mit den Ärmsten geteilt. Hunderte haben euren Unterweisungen gelauscht und euren Rat gesucht. Sie stammten aus den unterschiedlichsten Schichten der Gesellschaft. Doch welche Sorgen, Träume oder Hoffnungen sie auch immer bewegten, im Grund ihres Herzens streben sie alle nach demselben – sie wollen glücklich sein.«

»Gut beobachtet«, meinte der Mystiker anerkennend.

»Wenn Glück das ist, was alle Menschen suchen, warum gibt es dann so viel Leiden auf der Welt?«, forschte Omar.

»Leiden entsteht, wenn die Menschen ihren Ursprung vergessen haben und das Licht nicht mehr sehen können«, erwiderte der Mystiker. »Vergessen bedeutet Dunkelheit, und in der Dunkelheit wirken zerstörerische Kräfte. Wer die Verbindung mit der Quelle vergisst, aus der alles stammt, verliert das Gefühl der Einheit. Wenn das Herz eines Menschen verschlossen ist und er die Einheit mit allem Sein nicht spüren kann, gewinnen Angst, das Empfinden von Getrenntheit, Hass und Zerstörung die Oberhand. Dabei trägt alles, was existiert, die Erinnerung an den Ursprung in sich. Es ist jedem kleinsten Teil der Schöpfung wie ein Stempel eingeprägt. Man kann das Licht deshalb nicht verlieren, aber man kann es vergessen. Und dieses Vergessen erschafft Leid, sowohl für denjenigen, der vergessen hat, als auch für seine Mitgeschöpfe.«

Wie ein Zeichen stoben einige Funken hoch aus der Glut empor.

»Nur der Mensch hat die Fähigkeit zur Erkenntnis und zugleich die Freiheit der Wahl, ob er selbst zu Licht oder Schatten, zu Freude oder Schmerz, zu Harmonie oder Zerstörung beitragen will«, bemerkte der Mystiker.

»Aber nicht immer handeln wir so bewusst«, wandte Omar ein.

»Das stimmt«, gab der Mystiker zu. »Manches Unglück verursachen wir aus Unwissenheit oder Achtlosigkeit. Ein andermal scheint uns das Leid dagegen aus heiterem Himmel grundlos zu treffen. Manchmal müssen Menschen große Verluste hinnehmen, bevor sie die inneren Schätze finden können. Manch einem wird selbst die äußere Freiheit genommen, für ihn bleibt noch der Weg, die innere Freiheit zu entdecken. Doch nichts geschieht vergeblich. Denn so wie wir durch Glück und Liebe wachsen, reifen wir auch durch Schmerz. Wenn ein Mensch großes Leid durchwandert, wird seine Seele geläutert und der Spiegel seines Herzens poliert. Auch Schmerz kann dich der Seele näherbringen. Doch die wenigsten Menschen erkennen dies, und so entgeht ihnen der heimliche Schatz, der sich im Leiden offenbaren kann: Reife, Mitgefühl, Erkenntnis oder Weisheit.«

Der Mystiker verstummte. Er wusste, dass ebenso wie die Freude auch Schmerz, Enttäuschung und Verlust ihre Perlen preisgeben konnten, wenn man um das Geheimnis und die Alchemie von Licht und Schatten wusste. Damit kannte sich der Mystiker aus. Er war durch die Tiefen seiner eigenen Seele gewandert, hatte Verzweiflung und Schmerz erfahren. Später, als sich seine Seele wieder mehr und mehr mit Licht füllte, hatte er erkannt, dass das Durchwandern der tiefsten Dunkelheit ihm wertvolle Erkenntnisse beschert hatte: Leiden konnte sich in Segen verwandeln, Einsamkeit zu einem Gefühl tiefer Verbundenheit werden, Schmerz vermochte sich in inneren Frieden zu wandeln und Kummer in stille Seligkeit überzugehen. Das war die Alchemie des Lebens.

Doch diese Verwandlung konnte nur erfahren, wer die innere Nacht nicht fürchtete, wer vertrauensvoll und geduldig ausharrte, bis die Morgendämmerung anbrach und die ersten Strahlen verheißungsvoll die Geburt des Lichts verkündeten. Denn aus dem Dunkel wird das Licht geboren, das eine war ohne das andere nicht erkennbar. Und so unterschiedlich sie auch wirkten, leuchtete dahinter dennoch derselbe Geist.

»Ihr habt davon gesprochen, dass Gewinn und Verlust, Freude und Schmerz, Leben und Tod wie zwei Teile sind, die gemeinsam das Ganze formen«, ergriff Omar von neuem das Wort. »Wenn das so ist und Leben und Tod derart zusammengehören, warum jagt uns der Tod dann solche Angst ein?«

Niemand sprach gern über den Tod. Man sprach über die Liebe und über freudige Ereignisse, teilte seine Sorgen, Erlebnisse und Träume mit anderen oder unterhielt sich über die neuesten Ereignisse. Doch man mied es, über den Tod zu sprechen.

»Der Tod macht den Menschen Angst, weil sie die Wahrheit vergessen haben. Bei einigen kommt das Gefühl hinzu, ihr Leben nicht wirklich gelebt zu haben«, entgegnete der Mystiker. »Dies zu erkennen ist sehr schmerzhaft. Doch andererseits – wer dies rechtzeitig erkennt, kann sich glücklich schätzen, hat er doch die Wahl, das Ruder seines Lebens zu wenden und den Träumen seiner Seele zu folgen. Überdies kann dir der Tod nur so lange Angst einjagen, wie du die Wahrheit nicht kennst und deiner Seele noch nicht begegnet bist. Der Körper ist sterblich, doch die Seele ist unsterblich.«

»Wie kann ich meiner Seele begegnen?«

»Die Seele enthüllt sich demjenigen, der sie sucht«, antwortete der Mystiker. »Man muss sich erinnern, um das

Licht der Seele zu finden, und dies geschieht durch das Herz. Dort ist der Weg eingezeichnet. Bist du im Herzen aller Herzen angekommen, erkennst du die Wahrheit. Dann hast du das Ziel deiner Suche erreicht.«

»Wo ist das Herz aller Herzen?«, wollte Omar wissen. Er hatte schon häufiger gehört, wie der Mystiker davon sprach.

»Das Herz aller Herzen ist dir näher als dein Atem. Du findest es, wenn deine Sehnsucht nach Wahrheit stark genug ist. Diese Sehnsucht ist der Schlüssel zur Ewigkeit, sie nimmt dich mit auf eine Reise zu den tiefsten Geheimnissen des Universums.«

»Lernt man auf dieser Reise, seine Zweifel zu besiegen?«

»Wo Liebe im Herzen ist, hat der Zweifel keinen Platz«, entgegnete der Mystiker. »Dein Vertrauen wächst mit der Liebe und verdrängt das Unkraut des Zweifels und der Angst. Dann beginnt die Schöpfung, auf dein Vertrauen zu antworten, und dein Glück wächst. Nicht, dass es keine Prüfungen mehr gäbe. Doch du bestehst sie umso leichter, je näher du zum Herzen aller Herzen gelangst. Dann weichen die Schatten von deiner Seele.«

Die Worte des Mystikers brachten eine Saite tief in Omar zum Klingen. Er spürte eine seltsame Mischung aus Freude, Sehnsucht und auch ein wenig Beklommenheit. Die tiefsten Geheimnisse des Universums zu entdecken klang sehr verlockend. Doch wohin würde ihn die Reise führen? Vielleicht galt es auch Hindernisse zu überwinden, von denen er noch gar nichts wusste. Und was, wenn er die Wahrheit nicht finden, wenn er seiner Seele nicht begegnen würde?

Doch dann erinnerte er sich an die Worte des Wahrsagers, der ihm eine verheißungsvolle Zukunft vorausgesagt hatte. Und an jenen reisenden Händler, welcher die absolute Wahrheit mit Hilfe einer Kristallkette gefunden hatte, die nun sein eigen war und deren Geheimnis noch darauf wartete, von ihm entdeckt zu werden. Seine Zweifel verflogen wie trockenes Laub, das vom Wind verweht wird, und freudige Zuversicht gewann die Oberhand. Schließlich hatte das Schicksal ihn auf diesen Weg, an die Seite des Mystikers geführt, und Gott macht keine Fehler.

☆ ☆ ☆

22

Eines Nachmittags begaben sie sich zu einem uralten Felsmonument. In eine viele Fuß hohe Felswand waren zahlreiche Zeichnungen von Figuren und Reliefs eingemeißelt. In der Umgebung verstreut lagen die steinernen Reste eines Tempels, der in späterer Zeit neben dem Felsheiligtum errichtet worden war.

An den Fuß der Felswand grenzte eine grasbewachsene Ebene. Dort wollten sie die Nacht verbringen.

Der Mystiker kannte diesen Ort gut. Manchmal hatte er Tage und Nächte hier verbracht, um die Weltenseele zu erforschen oder Antworten zu finden, die seinem Herzen Frieden gaben. Über die Jahrhunderte hinweg hatten die Gebete zahlloser Pilger und großer Meister, die in der Vergangenheit im Tempel wohnten, die Stätte geprägt. Die Kraft der Erkenntnis wirkte noch immer an diesem Ort und führte die Wanderer, die hierherkamen, um Antworten auf ihre eigenen brennenden Fragen zu finden.

Es würde eine besondere Nacht werden.

Mit dem Rücken an den Fels gelehnt, schauten sie schweigend zu, wie die Sonne glutrot am Horizont versank und der Abenddämmerung Platz machte. Die ersten Sterne begannen blass aufzuleuchten, und nach und nach wurden es mehr. Als die Nacht schließlich hereinbrach, funkelten Milliarden Sterne von oben herab.

Omar betrachtete das Meer glitzernder Sterne und fühlte sich glücklich. Die klare Nacht, die Sterne, die ihm als Hirte so vertraut waren und ihm manchmal den Duft einer fernen Liebe zutrugen, der Meister an seiner Seite, den er aus tiefstem Herzen verehrte – was brauchte es mehr, um glücklich zu sein?

Sie betrachteten den Himmel, bis sich ihre Augen füllten mit lauter Sternen. Nach einer langen Zeit der Stille, in der die Seelen beider in stillem Einklang waren, ergriff der Mystiker das Wort.

»In dieser Nacht wirst du, so Gott will, ein weiteres Geheimnis erfahren«, sprach er. »Ich werde dir nun eine einzige Frage mehrmals stellen. Doch versuche nicht, sie durch Denken zu beantworten. Der Verstand besitzt nicht genug Weisheit, um die wahren Antworten zu finden. Lasse den Verstand daher ruhen. Sei innerlich still wie die spiegelglatte Oberfläche eines ruhigen Sees. Sobald du meine Frage vernimmst, greife sie auf und richte sie an jene Quelle, die alles erschaffen hat. Denn von dort stammt wahre Weisheit. Wenn du still bist und geduldig lauschst, wirst du Antwort erhalten. Doch sei achtsam: Jedes Erzwingen, jedes Hinterfragen oder Zweifeln wird das Tor zur Zeitlosigkeit augenblicklich verschließen, durch das die Weisheit der Quelle zu dir fließt. Geduld, Hingabe und Vertrauen sind von dem gefordert, welcher die Öffnung dieser Pforte wünscht. Und nun schließe deine Augen«, forderte der Mystiker.

Omar tat, wie ihm geheißen.

Sei still wie die spiegelglatte Oberfläche eines ruhigen Sees.

Er ließ seine Gedanken zur Ruhe kommen wie ein Blatt, das langsam zu Boden sinkt.

Stille breitete sich in ihm aus.

Der Mystiker sprach in Gedanken ein Gebet. Er bat den Schöpfer, das Licht der Erkenntnis in seinem Schüler zu wecken. Er bat die Seelen der alten Meister dieses Ortes um ihre Unterstützung, denn er wusste um ihre Macht und Verbindung zum Höchsten. Er bat darum, dass das Herz, der Geist und die Seele seines Schülers mit Licht erfüllt würden und dass die Tore der verborgenen Welten sich ihm öffnen mögen, auf dass er vollendete Klarheit erlangte.

Dann stellte er die erste Frage. »Wer bist du?«, fragte er Omar leise.

Wer bin ich?, wiederholte Omar in Gedanken die Frage und sandte sie, so wie es der Meister angewiesen hatte, in die Nacht hinaus.

Dann lauschte er: offen, empfänglich, bereit. Sein Geist war völlig still.

Da tauchten aus der Stille Worte auf und er hörte, wie eine Stimme ihm antwortete: »Ich bin Leben, das atmet.«

Was für eine seltsame Antwort. Doch Omar gefiel es, eine Antwort zu erhalten, die er sich nicht selbst ausgedacht hatte. Es war interessant und eigenartig zugleich.

»Wer bist du?«, fragte der Mystiker nach einer Weile erneut.

Wieder sandte Omar die Frage in den Kosmos und lauschte still.

»Ich bin die Form und doch nicht; ich bin der Atem und doch nicht«, antwortete die Stimme und verstummte.

Der Nachtwind wehte sanft.

Und die Stimme sang weiter:

»Ich bin die Meere, das Wasser
und das Tosen der Wellen,
ich bin die Luft, die Winde und die Stürme.
Ich bin das Gras, das sich im Winde wiegt,
die weiten Ebenen und die Sterne.
Ich bin das Lachen der Kinder
und das Murmeln der Bäche,
das Schweigen der Steine.
Ich bin Reglosigkeit
und sprühende Lebendigkeit,
ich bin dein Körper
und die Leere,
ich bin der Raum,
der alles enthält.«

Omar spürte, wie sich mit einem Mal eine schützende liebevolle Kraft um ihn legte, als würde eine Himmelskraft ihn segnen.

Nach einer Weile erklang erneut die Frage, wieder sandte Omar sie aus: *Wer bin ich?* Erneut lauschte er, der Führung des Allmächtigen vertrauend. Wenn es sein sollte, würde er eine Antwort erhalten.

Da tauchten aus der Quelle allen Seins Worte auf und formten sich zu einer Antwort:

»Licht. Dasselbe Licht, das in allem enthalten ist«, sprach die Stimme und fragte Omar: »Siehst du es?«

Vor Omars Augen veränderte sich die Welt, als wäre eine Kulisse plötzlich durch eine andere ausgetauscht worden. Voller Staunen erblickte er überall Abertausende goldener Lichtpunkte, die wie Schwärme von Leuchtkäfern im Inneren der Materie tanzten – in den Felsen, den Sträuchern, den Gräsern, sogar die Luft war erfüllt davon! Überwältigt betrachtete Omar diesen atemlosen Reigen der Schöpfung – tanzende goldene Atome, die wie tausend Funken im Innersten von allem herumwirbelten, was existierte.

Ganz in die Herrlichkeit dieses Anblicks versunken, vernahm er von weit her die erneute Frage: »Wer bist du?«

Das Leuchten verschwand.

Stille entstand.

Und aus der Stille erklang die Antwort: »Frieden. Tiefer Frieden.«

In diesem Augenblick wurde Omar von einem unendlichen Frieden erfasst, wie er am Grund eines sehr tiefen Sees herrschen mochte, wohltuender Frieden, der jede Zelle seines Körpers durchdrang und erfüllte, bis nichts als Frieden blieb.

Welch herrliche Erfahrung! Köstlicher als die erlesenste Frucht war es wie himmlischer Nektar, der all seine Sorgen, Sehnsüchte und Wünsche mit einem Schlag auslöschte und durch allumfassenden Frieden ersetzte.

Frieden.

Er wollte darin verweilen, nichts begehrte oder brauchte er mehr.

Und doch…

»Wer bist du?«, klang es leise und sog ihn aus dem Ozean des Friedens hinein in einen Raum der Leere. Dorthin sandte Omar die Frage und lauschte wieder. Wenn man dem Sein nur genug Zeit ließ, würde eine Antwort auftauchen.

Er sah und fühlte nichts als unendliche schwarze Leere. Doch sie war nicht beängstigend, er fühlte sich seltsam geborgen. Intuitiv ahnte er, dass er der Quelle der Schöpfung nun sehr nahe war. Alles war irgendwann aus der Unendlichkeit geboren worden, und vielleicht war die Leere, die er nun erlebte, Teil davon.

»Stille«, antwortete die Stimme diesmal und fügte hinzu: »Der Raum, der in und zwischen allem ist.«

Wieder erblickte Omar das alles durchdringende Licht, nun jedoch wurde sein Blick auf den leeren Raum der Stille zwischen den kleinsten Teilchen der Schöpfung gelenkt, in den alles, was existierte, bis zum kleinsten Staubkorn, eingebettet war. Auch dieser Raum war erfüllt vom Reigen der goldenen Lichter, die wie ein Meer aus tausenderlei Sternen in der Leere tanzten, und der

Raum selbst schien die Dimension der Unendlichkeit zu besitzen.

Da schwebte erneut die Frage des Meisters in der Luft, und diesmal antwortete die Quelle unmittelbar:

»Was ich bin, ist jenseits aller Worte.
Ich bin Alpha und Omega,
Anfang und Ende,
Alles und Nichts,
das alles enthält.
Es gibt nichts,
was ich nicht bin.
Ich bin der Klang, die Farben
und die Formen.
Ich bin Licht und Dunkel,
Wärme und Kälte,
Tag und Nacht;
ich bin der Geist,
der alles durchdringt«.

Ein unbeschreibliches Gefühl überwältigte Omar – so umfassend, so frei, so unendlich. Es durchdrang ihn vollkommen und ließ ihn über sich selbst hinauswachsen, als wäre er weiter, grenzenloser Raum, der sich über die Felsen, die Ebene und den Horizont erstreckte und immer weiter ausdehnte, bis in die Unendlichkeit des Universums hinein. Milliarden Sterne und Milchstraßen schauend, lauschte er dem Klang der verschiedenen Planeten und erlebte dabei ein tiefes Gefühl von Vertrautheit. Dieser Ort war ihm nicht fremd – er *war* dies alles! *Er* war der Kosmos, und die Sterne, Sonnen und Milchstraßen waren Ausdehnungen seines Seins. Grenzenlose Freude erfasste ihn, er spürte, wie er von Liebe erfüllt alles umarmte, was im Kosmos existierte. Und in jenem Moment erkannte er sich selbst als Schöpfer und Mutter des Universums.

›Welch seltsame Idee‹, blitzte kurzfristig ein Gedanke auf. Doch die Erfahrung war so überwältigend, so herrlich, so großartig, dass er den Gedanken sogleich wieder losließ und sich erneut ganz dem Erleben hingab, sich selig im Unermesslichen verlor.

Zeit und Raum hatten aufgehört zu existieren. Er war grenzenlos geworden.

Lange verweilte Omar in der Unendlichkeit, bis ihn die Kälte der Nacht empfindlich an seinen Körper erinnerte. Fröstelnd wickelte er den Mantel enger um sich.

Er fühlte sich erfüllt, unendlich erfüllt. Ihm war, als hätte das gesamte Universum in ihm Platz, als würde das gesamte Universum mit ihm atmen und mit ihm schweigen. Kein Unterschied existierte mehr, sein Körper und das Universum waren eins. Der Kosmos hatte sich ihm geöffnet, in sein Leben hineingeleuchtet und alles mit einer erhabenen Grenzenlosigkeit durchdrungen.

Als Omar sich schließlich in die schwere wollene Decke einrollte und schlafen legte, umhüllte ihn noch immer ein Gefühl von Unendlichkeit.

Wer würde er am Ende sein?

Welch einzigartiges Abenteuer.

Er verspürte ein intensives Gefühl von Seligkeit, als ob jede Zelle seines Wesens vor Freude singen würde.

Erhaben strahlten die Sterne am Firmament. Und ihm war, als lächelten sie ihm zu.

In jener Nacht hatte der Mystiker einen Traum.

Er sah, wie sein Schüler sich in einen Falken verwandelte und pfeilschnell die Lüfte durchschnitt. Anmutig strich der Falke über die weiten Ebenen, grenzenlos und frei, ließ sich auf den höchsten Wipfeln nieder und schwang sich wieder in den Himmel auf.

Es war ein gutes Zeichen. Seine Seele war frei.

⋆ ⋆ ⋆

23

Bald darauf hatte der Mystiker eines Abends verkündet: »Wir werden diesen Ort nun verlassen, es ist an der Zeit, aufzubrechen«. Omar war ein wenig überrascht, denn der Meister hatte zuvor nichts dergleichen erwähnt. »Ich habe einige Dinge zu erledigen und möchte einem alten Freund einen Besuch abstatten«, fuhr der Mystiker fort. »Nachdem wir das Dorf erreicht haben, werden wir uns daher trennen. Reite du allein voraus, ich werde dir den weiteren Weg beschreiben und den Ort, an dem wir uns in ein paar Tagen wiedersehen werden.«

Die Besorgungen waren jedoch nur ein Vorwand. In Wahrheit wollte der Mystiker seinen Schüler prüfen. Denn nur im Alleinsein, ohne Schutz des Meisters, konnte sich zeigen, wer man wirklich war und wo man stand. Er wusste, dass es nun Zeit für Omar war, sich einer großen Herausforderung zu stellen. Wie er sie meisterte, würde zeigen, wie sehr seine innere Kraft gewachsen war. Darüber jedoch hatte er geschwiegen, denn er wollte seinen Schüler nicht beunruhigen.

Manche Prüfungen musste man allein bestehen.

Bereits in der Frühe luden sie ihre Habseligkeiten auf die Pferde und machten sich auf den Weg. Nur einmal hielten sie, um in der Mittagshitze im Schatten einiger Bäume ein wenig zu rasten.

Am Nachmittag gelangten sie zu einem kleinen Ort. Der Weg, der sich durch die Felder zum Dorf hinschlängelte, war von Orangen- und Granatapfelbäumen gesäumt. Verführerisch prangten die leuchtenden Früchte im Geäst. Omar freute sich, denn seit sie in den Bergen lebten, hatte frisches Obst nur selten ihre schlichte Kost bereichert.

Bei einem Händler, dessen Stand sie mit dem Duft reifer Orangen und gerösteter Nüsse lockte, füllten sie ihre Nahrungsmittelbestände auf und tranken Tee. Darauf schlenderten sie zurück zum Brunnen, an dem sie die Pferde zurückgelassen hatten.

»Nun ist es Zeit, dass wir uns trennen«, sagte der Mystiker, nachdem sie die Vorräte verstaut hatten. »Folge am Ortsende dem Weg gen Westen, bis du an den Fuß der Berge gelangst. Dort liegt am Wegesrand ein einzelnes Gehöft. Klopfe dort an und frage nach Ahmad, er wird dir den Weg zu den Höhlen genau beschreiben. Auf halber Strecke gelangst du zu einem eingefassten Quellteich. Von dort führt ein schmaler Pfad zu einem geschützten Lagerplatz unterhalb der Höhlen. Dort, im Schutz der Felsen, schlage dein Lager auf. In den Höhlen jener Berge haben einst wandernde Meister Zuflucht gesucht, um Antworten auf die wesentlichen Fragen des Lebens zu finden. Ihr Geist ist dort spürbar und sie werden dir helfen, verschlossene Pforten zu öffnen und die Wahrheit zu erkennen.«

Omar nickte und schwieg. Er vertraute seinem Meister, denn jener folgte dem Ruf der Weltenseele und wusste stets, was er tat. Sicher wartete bereits ein neues Geheimnis darauf, entdeckt zu werden.

»Ich werde unterdessen einen alten Freund besuchen. In zwei Tagen, bei Sonnenaufgang, werde ich dich am vereinbarten Lagerplatz treffen«, sagte der Mystiker, wandte sein Pferd und verschwand in den Gassen. Er wusste, dass sein Schützling dort in den Bergen gut aufgehoben war, was auch immer geschehen würde.

Omar folgte dem beschriebenen Weg. Ohne Schwierigkeiten erreichte er noch vor Sonnenuntergang den Quellteich, füllte seinen Wasservorrat auf und schlug sein Lager im Schutz einer Felswand oberhalb der Quelle auf. Nachdem er die Pferde versorgt und sich vergewissert hatte, dass die Stricke an ihren Fesseln fest saßen, so dass sie nicht weit fortlaufen konnten, bereitete er sich Fladenbrot aus Gerstenmehl, Salz und Gewürzen und schaute zu, wie der Mond aufging und nach und nach die ersten Sterne auftauchten. Er mochte die Nächte unter freiem Himmel. Wenn die Stille der Nacht die Welt einhüllte, fühlte er sich geborgen, und seine Seele wanderte mit den Sternen.

Das Feuer knisterte beruhigend.

Er sah den Flammen zu, wie sie blassgelb und leuchtend orange in den nachtblauen Himmel zuckten. Das Feuer besaß eine Seele, wie auch alles andere, was die Schöpfung hervorgebracht hatte. Und diese Seele tanzte. Fast sah es aus, als tanzten lebendige Wesen – Feuerfrauen.

Fasziniert betrachtete er, wie sie in wildem Tanz herumwirbelten. Die Feuerwesen tanzten höher und höher, fielen wieder in sich zusammen und begannen einen neuen wirbelnden Reigen. Die Schöpfung tanzte in ihnen. Wenn man genau hinsah, konnte man die Seele der Schöpfung in allen Dingen tanzen sehen.

Von der Wärme schläfrig geworden, legte Omar sich nieder, und sein Blick wanderte nach oben. Wie tausend Lichter einer Märchenstadt funkelten die Sterne am Nachthimmel. Eine Sternschnuppe fiel leuchtend herab und verglühte.

Er lächelte. Sein Herz war voller Freude.

›Was kann ich mich doch glücklich schätzen‹, dachte er. ›Ich bin dem Ruf des Abenteuers gefolgt und führe ein freies Leben. Ich sah fremde Städte, begegnete manch außergewöhnlichen Menschen, und in all der Zeit lernte ich mehr von meinem Meister, als ich mir je zu träumen wagte.‹ Manchmal allerdings wenn er an Shalimah dachte, war sein Herz auch schwer geworden. Doch er hatte gelernt, sein Herz zu trösten, und ihm versprochen, der Liebe zu folgen. Darauf hatte sich sein Herz wieder beruhigt.

Zufrieden atmete er die kühle Nachtluft ein; voller Zuversicht blickte er den kommenden Tagen entgegen, erfüllt vom Gefühl des Einseins mit sich und der Welt.

⋆ ⋆ ⋆

24

Am nächsten Morgen tauchte die aufgehende Sonne die Gebirgslandschaft in ein leuchtendes Farbspiel. Schroff ragten die Felswände in die Höhe. Das helle, teils rötliche Gestein war von zahlreichen Höhlen durchsetzt.

Nachdem Omar seine morgendlichen Übungen beendet und sich eine einfache Mahlzeit bereitet hatte, beschloss er, die Höhlen zu erkunden. Er folgte einem schmalen Pfad, der sich zwischen den Felsen immer höher hinaufwand, vorbei an einzelnen knorrigen Olivenbäumen und windzerzausten Pinien. Manchmal gaben die Felsen die Sicht frei, so dass sich ein grandioser Ausblick über das weite Tal und die fernen Hügelketten bot. Weiter oben wurden die Bäume spärlicher bis auf einige wenige, die sich trotzig an schmale Felsvorsprünge klammerten. Zwischen dem Gestein wuchs goldgelbes Gras und niedriges Gestrüpp, herrlich duftete der wilde Thymian.

Omar setzte sich ins Gras und betrachtete die Felsen ringsum. Die Natur hatte eigenartige Formen hervorgebracht, manche der Felsen ragten wie einzelne Türme steil empor, andere hatten der Wind und die Kraft der

Elemente zu bizarren Rundbögen und Säulen geschliffen. Dazwischen eingebettet lagen die Höhlen. Bei einigen war zu erkennen, dass der Eingang offenbar von Menschenhand bearbeitet worden war.

Raschelnd huschte eine Eidechse durch das Gras.

Genießerisch schloss Omar die Augen und spürte, wie die wärmenden Strahlen der Sonne ihn wohlig durchströmten. Jede Zelle seines Körpers schien das Licht und die Wärme aufzusaugen.

Aus der Ferne erklang leise das Läuten von Glocken.

›Ziegen‹, überlegte Omar. Sie waren geschickte Kletterer und konnten selbst in unwegsamem Gelände noch Futter finden.

Er musste an die Schafe denken, mit denen er über die Ebenen seiner Heimat gezogen war. Doch jenes Leben schien weit entfernt. Nachdem er nun bald ein Jahr an der Seite des Mystikers verbracht und dessen Leben geteilt hatte, verblasste seine eigene Vergangenheit zunehmend. Wie viel war noch übrig von Omar, dem Hirten? Auch war er sich nicht sicher, ob er jemals wieder in sein altes Leben zurückkehren wollte. Denn er hatte sich verändert.

Er spürte zutiefst, dass es richtig war, an der Seite des Meisters zu weilen. Was er bei ihm lernte, erfüllte sein Herz und machte ihn glücklich. Behutsam hatte ihn der Mystiker Schritt für Schritt in die Kunst des Heilens und die Welt der Seele eingeweiht. Insgeheim segnete er den Zeitpunkt, als der Meister das erste Mal in ihrem Dorf erschienen war, denn nur er hatte vermocht, den Durst seines Herzens zu stillen, jenes unerklärliche innere Verlangen nach Wahrheit und Freiheit.

Manchmal allerdings, wenn Omar an sein altes Leben zurückdachte, fühlte er sich auch ein wenig verunsichert. Zuweilen hatte er sogar das Gefühl, zwischen zwei Welten zu schweben – das alte Leben war fort und die Zukunft noch nicht erkennbar.

Wohin sein Weg wohl führen mochte? Was würde aus ihm werden?

Er seufzte.

Wenigstens die Sonne veränderte sich nicht. Sie blieb, was sie war, und schien unterschiedslos für jeden. Die Sonne fragte niemals danach, ob man arm oder reich war, Erfolg oder Misserfolg hatte, ob man sich traurig fühlte oder glücklich war.

Er blinzelte. Es war ein seltsamer Zustand, nicht mehr wirklich zu wissen, wer man war.

»Es ist gut, seine Identität zu verlieren«, bemerkte die Sonne.

Omar war überrascht. Woher wusste die Sonne, was er gerade dachte?

»Ich vermag in den Herzen der Menschen zu lesen wie in einem Buch«, meinte die Sonne. »Aber nur wenige Menschen suchen nach wirklichen Antworten. Deshalb kommt es selten vor, dass ich mich mit jemand unterhalte. Die meisten Menschen lenken sich ab, statt auf die Suche zu gehen, denn das erfordert die Bereitschaft, Altes loszulassen und sich Neuem zu öffnen. Und davor schrecken viele zurück.«

»Warum ist es gut, seine Identität zu verlieren?«, fragte Omar. »Was meinst du damit?«

»Die meisten Menschen sind damit beschäftigt, eine künstliche Hülle zu erschaffen. Sie verschleiern sich vor sich selbst und der Welt. Sie versuchen, angesehen, reich oder berühmt zu werden, sich einen Namen zu machen oder möglichst anerkannt in ihrem Beruf zu sein. Dagegen ist auch gar nichts einzuwenden. Doch leider vergessen sie dabei zunehmend, wer sie wirklich sind. Sie verlernen, über ihre weltliche Identität hinauszusehen, die Name, Beruf und gesellschaftlicher Status ihnen verleihen. Der reiche Händler Ismael, welcher in Überfluss lebt und dessen Name weithin bekannt ist, wie auch der arme Weber Ibrahim, dem es nur mühsam gelingt, seine Familie zu ernähren – beide sind im Glauben gefangen, jenes äußere Leben wäre alles, was sie sind. Viele Menschen versuchen zudem, ihre Fehler und Schwächen mit einem künstlichen Schein zu verdecken. Nur wenige haben so wie du den Mut, in die Tiefe ihrer eigenen Seele zu blicken.«

Die Sonne schwieg einen Moment. Sie hatte in viele Herzen geschaut. Einige leuchteten, andere waren verhüllt oder gar dunkel. Doch dann gab es Menschen, die bereit waren, den Schein loszulassen, und die sich auf den Weg machten, um das Wahre zu suchen.

Und so bemerkte die Sonne:

»Ehrlichkeit macht die Menschen strahlend.
Wenn sie, statt sie zu verstecken,
ihre Fehler und Schwächen zugeben,
polieren sie ihren inneren Diamanten,
und er beginnt zu leuchten.
Doch derjenige verhüllt ihn,
welcher so tut, als ob, und versucht,
einen künstlichen Schein zu wahren.
Ehrlichkeit nimmt allen Schein
und bringt den wahren Glanz
der Seele zum Vorschein.«

»Das ist sehr schön«, erwiderte Omar. »Aber man muss einen Preis auf diesem Weg zahlen.« Und insgeheim dachte er: ›Und dieser Preis ist nicht gering.‹

»Du hast Recht«, bemerkte die Sonne. »Der Preis ist die Sicherheit. Du musst bereit sein, dein bisheriges Leben in Frage zu stellen und vielleicht sogar aufzugeben. Das ist nicht leicht, denn dann fühlt man sich verunsichert oder gar haltlos. Doch wenn die Sehnsucht nach Wahrheit einmal in dir aufgeflammt ist, gibt es keinen Weg mehr zurück. Du musst dem Ruf folgen, so lange, bis du wieder neuen Boden unter den Füßen gewinnst.«

»Dann ist es aus deiner Sicht also normal, dass ich mich manchmal wie zwischen zwei Welten verloren fühle?«, wollte Omar wissen.

»Absolut«, bestätigte die Sonne. »Aber das geht vorüber. Habe nur Mut. Die Schleier der Täuschung müssen zerreißen, damit du dein wahres Gesicht erkennen kannst. Nur so ist es möglich, jenseits der Illusion zu gelangen. Wie sonst sollte das möglich sein? Die Welt der Erscheinungen ist so täuschend, dass man sich allzu leicht darin verlieren und darüber die Sehnsucht der eigenen Seele vergessen kann.«

Omar seufzte. Die Worte der Sonne taten gut.

»Es gibt nur einen Schlüssel, der dir die Wahrheit zu zeigen vermag«, fuhr die Sonne fort. »Ein Wanderer, der vor vielen Jahren große Weisheit erlangte, hinterließ diese schlichten Verse:

Lasse dich nicht täuschen.
Der Körper ist begrenzt,
die Sinne sind begrenzt,
der Verstand ist begrenzt.

Allein das Herz
ist unbegrenzt und trägt dich
jenseits der Schleier.«

›Wenn weder der Körper noch die Sinne noch der Verstand in der Lage sind, die Wahrheit zu erkennen, dann ist es tatsächlich sehr schwer, sich nicht in der Welt zu verlieren‹, dachte Omar. ›Denn wenn es so ist, wie die Sonne sagt, sind wir die meiste Zeit begrenzt und merken es nicht einmal. Wir sind gewohnt, zu glauben, was die Sinne, die Gedanken und der Körper uns sagen.‹

Um die Wahrheit zu finden, musste man daher wissen, wo der Schlüssel dazu lag. Jemand musste es einem zeigen, oder man hatte das Glück, es selbst herauszufinden.

Wie sehr konnte er sich glücklich schätzen, dass der Mystiker ihn als Schüler angenommen hatte! Von jenem Moment an, als sich ihre Wege zum ersten Mal kreuzten und jeder die Wahrheit in den Augen des anderen erblickte, war ein magisches Band zwischen ihnen gewebt worden, das ihre Leben miteinander verband und beide einer höheren Bestimmung folgen ließ.

Die Sonne unterbrach seinen Gedanken und fragte: »Wofür brennt dein Herz?«

Omar war überrascht. Noch nie hatte ihm jemand diese Frage gestellt.

Er überlegte.

Eine so klare Frage verdiente eine ebenso klare Antwort.

Er horchte einen Augenblick in sein Herz hinein, was es ihm sagte.

»Mein Herz brennt für die Liebe. Und für die Schönheit, in der sich der Schöpfer widerspiegelt.«

Die Worte waren aus seinem Herzen aufgestiegen, und er hatte sie laut ausgesprochen. Er wunderte sich ein wenig, denn so hatte er es noch nie gesehen. Doch er spürte, dass dies die Wahrheit seines Herzens war. Es tat gut, sie zum Ausdruck gebracht zu haben.

Die Sonne schwieg.

»Danke, Sonne«, frohlockte Omar. »Ohne deine Hilfe hätte ich dies nicht so klar erkennen können.« Zwar wusste er noch immer nicht, wie genau sein Weg aussehen und was er in Zukunft tun würde. Doch die Wahrheit, die er soeben erkannt hatte, verschaffte ihm eine innere Gewissheit über die Richtung seines Weges, und das stärkte sein Vertrauen.

Er lächelte.

Die Sonne war zufrieden.

Sie wusste, wann ein Herz voller Sehnsucht nach Wahrheit war. Diese Herzen konnte sie finden, denn sie leuchteten. Und so konnte sie hier und da den Menschen helfen, ihre eigene Wahrheit zu erkennen, indem sie ihnen half, in ihr Herz zu schauen.

☆ ☆ ☆

25

Als die Sonne bereits hoch am Himmel stand und Omar die Gegend weiter erforscht hatte, fühlte er sich ein wenig schläfrig und beschloss daher, im Schatten einer Höhle etwas auszuruhen. Aufmerksam betrachtete er die nahegelegenen Höhlen, welche zahlreich die Felswand durchsetzten. Manche der Höhleneingänge waren mit behauenen Steinen eingefasst, andere dagegen in ihrer natürlichen Form belassen.

Er erinnerte sich an die Worte des Mystikers: »Wenn du auf dein Herz hörst, wirst du spüren, welcher Ort dich ruft«, hatte jener geraten. »Wenn dein Gefühl dich in eine bestimmte Richtung führen will, folge ihm. Es hat immer einen Grund. Nur so kann deine Seele dich leiten.«

Intuitiv entschied er sich für eine der Höhlen. Ein paar roh aus dem Fels gehauene Stufen führten hinein. Omar blinzelte, als er die Höhle betrat, denn seine Augen mussten sich an das dämmrige Licht gewöhnen.

Die Höhle war leer.

An den geräumigeren Vorraum schloss sich noch ein zweiter, kleinerer Raum an. An einer Seite war die Felswand vom Ruß der Feuer ihrer einstigen Bewohner geschwärzt. Nun diente die Höhle höchstens noch einigen frei lebenden Tieren als Unterschlupf.

Omar ließ sich mit dem Rücken gegen den kühlen Fels gelehnt nieder. Er griff in seine Tasche, holte den bestickten Beutel hervor, den er einst von dem fremden Kaufmann erhalten hatte, öffnete ihn und ließ die Kristallkette vorsichtig in seine Hände gleiten. Wie schön sie war! Sanft schimmerten die Perlen im dämmerigen Licht.

Manchmal, wenn der Mystiker sich stundenlang mit geschlossenen Augen versenkte, hatte Omar beobachtet, dass ihn dasselbe schimmernde Leuchten umgab, welches er zum ersten Mal bei jenem Kaufmann bemerkt hatte, der ihm einst die Perlenkette schenkte.

Nachdem er sich noch einmal die Silben verinnerlicht hatte, die auf dem Pergament geschrieben standen, schloss Omar die Augen. Während er Perle für Perle durch seine Finger gleiten ließ und dabei leise die Silben flüsterte, spürte er, wie sich ein sanftes Vibrieren langsam in seinem Körper auszubreiten begann.

Eine Weile geschah nichts weiter. Doch die gleichmäßige Bewegung und stetige Wiederholung der Silben ließen ihn bald in einen angenehm entspannten Zustand gleiten.

Mit einem Mal tauchte er in eine andere Welt ein.

Er stand auf einem staubigen Weg inmitten eines Gebirges. Es war ein eindrucksvolles Gebirge, wie er es noch nie erblickt hatte, und die Kuppen der hohen Berge ringsum waren mit Schnee bedeckt. Das helle Lachen von Kindern erklang, und er hörte, wie sie sich vergnügt in einer ihm fremden Sprache unterhielten. Als er sich suchend umschaute, sah er einige Knaben mit orangefarbenen Umhängen und kurz geschorenen Haaren, die flink einem gewundenen Pfad folgten. Sie trieben einige Ziegen vor sich her.

Neugierig beschloss er, den Knaben in einigem Abstand zu folgen. Der Weg wurde sehr steil, doch das Klettern fiel ihm überraschend leicht. Nach einigen Windungen führte der Pfad auf ein schmales Felsplateau, hinter dem Omar eine große Höhle erblickte. Er hatte das merkwürdige Gefühl, diesen Ort zu kennen, auf unerklärliche Weise schien er ihm vertraut, als ob er einst viel Zeit dort verbracht hätte.

So entschied er, den Kindern nicht weiter zu folgen, die mit ihren Tieren bereits höher emporgeklettert waren. Stattdessen betrat er, ohne zu zögern, die Höhle.

Sie war hoch genug, so dass er aufrecht stehen konnte. Seine Augen brauchten ein wenig, um sich an die Dunkelheit zu gewöhnen.

Da erblickte er plötzlich einen weißhaarigen Einsiedler, der, nur spärlich mit einem Lendentuch bekleidet, mit gekreuzten Beinen reglos vor der Felswand saß. Der Einsiedler hatte Omar bemerkt und bedeutete ihm schweigend, sich zu seiner Linken auf einen roh behauenen Felsvorsprung zu setzen.

Omar tat, wie ihm geheißen.

Alles fühlte sich seltsam vertraut an, und ihm war, als

ob er den Einsiedler seit langem kennen würde. Er verspürte sogar ein leichtes Glücksgefühl. Intuitiv ahnte er, dass der Eremit ein Weiser sein musste, vielleicht sogar ein Heiliger, und dass diese Begegnung ein außergewöhnlicher Moment war.

Der Einsiedler hatte kein einziges Wort gesagt.

Omar schloss die Augen, als er sich auf dem Fels niederließ. Ein wohltuender Frieden schien die gesamte Höhle zu erfüllen. Mit jedem Atemzug drang er tiefer und tiefer in ihn ein, bis er schließlich ganz darin aufging und jegliches Gefühl für Raum und Zeit verlor.

Da erschien mit einem Mal vor seinem inneren Auge ein grün loderndes, übermannhohes Feuer. Daneben hockte der weißhaarige Alte und wies ihn unmissverständlich an, in das lodernde Feuer zu treten.

Seltsam.

Er hatte keine Angst.

Als Omar in das Feuer hineintrat, begannen machtvolle Kräfte auf ihn einzuwirken. Er spürte, wie seine Lebenskraft wuchs, als das grüne Licht seinen Körper durchströmte, und wie Schatten aus seinem Inneren verschwanden, bis er sich schließlich ungeheuer lebendig und kraftvoll fühlte.

Da verschwand das Feuer wieder.

Stille blieb.

Irgendwann, eine Ewigkeit schien verstrichen, verspürte Omar den Impuls, die Augen zu öffnen. Er bemerkte, dass der Einsiedler ihn nun anschaute. Als jener sah, dass Omar zu sich gekommen war, winkte er ihm mit einer Handbewegung zu sich.

Völlig gebannt von der Magie des Geschehens folgte Omar der Aufforderung und setzte sich zu Füßen des Einsiedlers.

Als er in die Augen des Meisters blickte, von dem er nicht einmal wusste, wer er eigentlich war, strömte aus ihnen solch unendliche Güte und Weisheit. Er schaute in Augen, die voller Licht strahlten, und es war, als zöge ihn eine unbekannte Kraft immer tiefer hinein, weiter und weiter. Bereitwillig folgte er diesem Sog.

Einmal mehr umfing ihn jene Grenzenlosigkeit, die ihm von früheren Einblicken bereits vertraut war. Als wäre er nun durch ein magisches Tor gereist, öffnete sich vor ihm das gesamte Universum. Als ob er sich selbst durch den Kosmos hindurchbewegen würde, erblickte er staunend vielfarbige Planeten, Sonnen und unzählige Sterne, und erfuhr dabei die unendliche Weite des Alls. Voller Bewunderung angesichts der Herrlichkeit des Anblicks, der sich ihm bot, vernahm Omar Worte, die lautlos in ihm auftauchten, denn der Einsiedler sprach in Gedanken zu ihm:

»Wenn du das Universum in den Augen eines Menschen erblickst, ist sein Herz rein.«

Es waren die einzigen Worte, die der Einsiedler sprach. Sie klangen lange in Omar nach.

Der Weise blickte ihn noch immer schweigend und voller Güte an. Licht strahlte aus seinen Augen.

Niemals zuvor hatte Omar so etwas Erstaunliches erlebt, während er einem anderen Menschen in die Augen blickte. Eine Welle der Dankbarkeit durchströmte ihn. Wieder hatte er einen weiteren Schlüssel zeitloser Weisheit erhalten. Nun würde er künftig unterscheiden können, wessen Herz rein war und wessen Herz nicht, denn die Augen verrieten es.

Nach einer Weile spürte er, dass es Zeit war, zu gehen. Er erhob sich langsam, verneigte sich wortlos vor dem Eremiten und verließ die Höhle.

Glatt und kühl lag die Kristallkette in seiner Hand. Omar atmete tief ein und öffnete langsam die Augen.

Wie lebendig die Bilder gewesen waren!

Er erinnerte sich an die Worte des Kaufmanns, der erwähnt hatte, es sei die Bestimmung der Kristallkette, von Wahrheitssucher zu Wahrheitssucher weitergegeben zu werden.

›Auf welch magische Weise doch die Wege der Menschen zusammengeführt werden‹, dachte er voller Staunen. Wieder hatte sich ihm ein weiteres Tor geöffnet. Denn obwohl es sich nur um eine Vision handelte, wusste er, dass die Botschaft des Einsiedlers der Wahrheit entsprach und dass man Wahrheit nicht nur in der sichtbaren Welt findet, sondern ebenso in jener Welt, die dahinter verborgen lag.

Seufzend streckte er seine Glieder, die ein wenig steif geworden waren, und trat in die wärmende Sonne hinaus.

Er war hungrig und beschloss deshalb, zum Lagerplatz zurückzukehren.

☆ ☆ ☆

26

Den Nachmittag verbrachte Omar damit, Feuerholz zu sammeln, die Hügel zu durchstreifen und nach Heilkräutern zu suchen.

Nachdenklich kniete er vor einem niedrigen, betörend duftenden Strauch, von dessen zartlila Blüten er eine Handvoll gepflückt hatte als Zutat für einen stärkenden Tee. Im Vergleich mit diesem Heilkraut erschien ihm seine eigene Existenz mit einem Mal seltsam sinnleer. War das schlichte, reine Dasein einer Heilpflanze nicht wertvoller als sein eigenes, von Höhen und Tiefen geplagtes Leben, dessen wahren Sinn er nicht einmal kannte? Seltsam verschlungen und manchmal mühselig war das menschliche Dasein, dieses stete Streben nach Glück, nach Erfüllung, diese rastlose Suche, von Ufer zu Ufer eilend, niemals wirklich ankommend, niemals wirklich ruhend.

Eine Pflanze dagegen lebte schlicht und im Einklang mit dem Kosmos, niemals aufbegehrend, stets ihren Zweck erfüllend. Wäre es nicht einfacher und erfüllender, eine Pflanze zu sein oder ein Stein, ein Sandkorn gar? Lästig schlich sich dieser Gedanke in ihm ein, fand irgendwo Grund zum Wurzeln und vertrieb die zufriedene Heiterkeit, die ihn zuvor erfüllt hatte.

Gedankenversunken schritt Omar auf einen nahen Felsblock zu, legte sein Bündel zur Seite und ließ sich nieder. Die ganze Begeisterung, die bisher seine Lehrzeit bei dem Meister begleitet hatte, war wie weggeblasen. Wozu nutzte all das angesammelte Wissen, wozu all die Erfahrungen, all das Streben? Wäre es nicht besser, sein eigenes menschliches Leben auf der Stelle zu tauschen mit dem einer Heilpflanze oder eines schatten- und holzspendenden Baumes? Selbst die Sonne hatte großen Nutzen, wärmte und erhielt Leben.

Eine Weile lang betrachtete er die schweigend daliegenden Felsen, aber auch die konnten ihm keine Antwort geben. Still kehrte er schließlich zum Lagerplatz zurück, nichts sah er mehr von der Schönheit der untergehenden Sonne.

Als die Nacht hereinbrach, bereitete Omar sich ein einfaches Mahl aus Weizengrütze. Doch auch die wärmende Mahlzeit konnte nicht verhindern, dass die schmerzende Sinnlosigkeit und die Leere in ihm weiter wuchsen, bis in seinem eigenen Inneren nur ein dunkler, klaffender Abgrund zurückblieb.

Auch die Dunkelheit der Nacht schien noch dichter, noch undurchdringlicher zu werden.

Omar fröstelte und zog seinen Umhang enger um sich.

Da spross aus der Leere, wie ein heimliches Gewächs, die Angst empor und breitete sich mit seltsam-ungestümer Kraft in ihm aus, bis er das entsetzliche Gefühl hatte, sie würde ihn verschlingen.

Unversehens begannen ihm furchterregende Bilder durch den Kopf zu jagen – von grotesken Fratzen mit dämonisch glühenden Augen, von wilden Kriegern, in grausamen Akten Leben vernichtend. Er sah menschliches Elend, verzweifelt mit dem Tode ringend, schaute Siechtum, Alter und Sterben, sah selbst seinen eigenen gealterten Körper dahinschwinden und zu Staub werden.

Und mit einem Mal wusste er, es war der Tod, in dessen Angesicht er schaute.

Kälte breitete sich in Omar aus, er begann zu zittern. Es war eines, mit dem Mystiker über den Tod zu sprechen, doch was er nun erlebte, forderte all seine Kraft bis zum Letzten. Jegliche Freude, jegliches Licht war wie ausgelöscht, stattdessen spürte er, wie lähmende Angst und wachsende Verzweiflung seine Lebenskraft zusehends schwächten. Er fühlte sich elend, und sein Herz klopfte wild. War nun sein Ende gekommen? Musste er sterben, ohne jemals seine Reise beendet, ohne je die Träume seines Herzens erfüllt zu haben?

Mit einem Mal überflutete ihn eine mächtige Welle der Angst, schwer atmend stützte Omar sich mit beiden Händen auf den Boden ab. Plötzlich wurde ihm mit alles durchdringender Klarheit bewusst: Wenn die Angst ihn jetzt verschlingen würde, wäre er verloren. Es gab nur eine einzige Rettung: Er musste die Angst besiegen.

Er musste sich sammeln.

Blitzartig erinnerte er sich an die Worte seines Meisters:

»Angst ist nur ein trügerischer Schatten, der die Wahrheit verhüllt, denn dein wahres Wesen ist frei von Angst.« Dann hatte der Mystiker noch hinzugefügt, dass in der größten Verzweiflung ein Gebet wahre Wunder wirken könne, denn es verbindet mit einer Kraft, die größer ist als alle Schatten.

Und so betete Omar mit tiefer Inbrunst:

»Allmächtiger, geliebter Schöpfer,
führe mich vom Unwirklichen
zum Wirklichen,
von der Dunkelheit ins Licht,
vom Tod in die Unsterblichkeit.
Erlöse mich von der Angst und
lass deine Gnade in mich einströmen,
hilf mir, mich an das Licht zu erinnern,
das ich bin.
Erfülle mich mit Kraft,
Weisheit und Mut,
Demut und Hingabe,
Liebe und Bewusstheit.
Mein Herz ist dein Herz,
meine Seele ist deine Seele,
lass mich in deiner Gnade
aufgehen.«

Er spürte, wie er etwas ruhiger wurde.

Hatte der Mystiker nicht auch gesagt, Angst sei die Abwesenheit von Liebe? Also musste er sich an das Gefühl von Liebe erinnern, damit seine Kraft wiederkehrte. Mit aller Macht lenkte Omar die Gedanken auf seinen Meister. Er spürte, wie ein Gefühl von Vertrauen und Zuneigung in seinem Herzen aufzukeimen begann. Dann dachte er an Shalimah, an ihr Lächeln und ihre Anmut. Er fühlte, wie ihm warm ums Herz wurde und wie die Wärme begann, seinen Körper zu durchströmen.

Mit der Wärme kehrte seine Kraft zurück.

Omar stieß einen tiefen Seufzer aus.

Bestimmt war dies nur eine Prüfung. Ein Krieger, und das war er im Herzen, durfte nicht in Schwäche versinken. Seit ihn die Liebe mit ihrer wärmenden Kraft durchströmte, wuchsen seine Lebenskraft und Stärke mit jedem Atemzug, und er fühlte nun, dass das Ende seines Lebens noch nicht bevorstand. Die strahlende Macht der Liebe, die er immer stärker in sich wahrnahm, vertrieb alle Dunkelheit, alle Zweifel und erfüllte ihn mit neuer Kraft. Ihr Licht hellte und wärmte sein Inneres und brachte zudem den Geschmack von Verheißung mit sich.

Zusehends verspürte Omar nun wachsende Gewissheit und Zuversicht. Hatte er nicht das Herz der Welt erblickt und erfahren, dass alles, selbst sein eigener Körper, von einer strahlenden Essenz durchdrungen war, die aus der Ewigkeit selbst stammte? Der Tod war nicht das Ende, denn die Seele war unsterblich. War also das Verlassen des Körpers nicht zugleich eine Geburt hinein in die unermessliche Welt des Schöpfers, welche jenseits der Form lag? Was konnte es Erfüllenderes geben, als wieder in den formlosen Schoß zurückzukehren, in die Ewigkeit, aus der man einst kam, bevor man diese Welt betrat? Und ging der Geburt in die weltliche Form nicht auch erst das Verlassen jener anderen Welt voraus? Was war der Tod also anderes als ein Rädchen im ewigen Rhythmus zwischen Sterben und Neugeboren-Werden, dem steten Wechsel der Existenz von einer Welt in die andere? Nichts ging wirklich verloren, alles stammte aus derselben Quelle und kehrte zu ihr zurück, auf ewig mit ihr verbunden.

Und indem diese beruhigende Gewissheit Omar erfasste, war sein Gemüt friedlich, und er fühlte sich wunderbar geborgen im steten Reigen des Seins, diesem uralten, niemals endenden, unsterblichen Tanz von Geburt, Leben, Vergehen und Wieder-Werden, von Ein- und Ausatmen der Schöpfung.

Der Anflug eines Lächelns umspielte Omars Lippen, als er mit einigen geübten Handgriffen das Feuer schürte, Reisig nachlegte und blies, bis die Flammen hell in den Himmel leckten.

Köstlich durchströmte die Wärme des Feuers seine von der Kälte klamm gewordenen Glieder. Nun war er sich sicher: Wenn die Zeit gekommen war, würde er seine letzte Reise ohne Zaudern antreten, und wer weiß, vielleicht würde er dann sogar lächeln. Doch noch war es Zeit zu leben.

Welch großartiges Geschenk das Leben mit all seinen mannigfaltigen Erscheinungsformen doch war! Er streckte eine Hand aus, um den Erdboden, den Sand und die kleinen Steine zu spüren. Mit Wohlbehagen atmete er den Geruch des wilden Thymians ein, der am Rand des Lagerplatzes in großen Büscheln wuchs. Aus der Ferne erklang das vertraute Schnauben der Pferde.

Leben.

Voller Dankbarkeit und Freude empfand er mit nie gekannter Intensität die Lebendigkeit seines Körpers, spürte, wie pulsierende Lebenskraft ihn durchströmte, fühlte mit solcher Eindringlichkeit den Nachtwind wie eine sanfte Liebkosung über seine Haut streichen, atmete mit nie gekanntem Glücksgefühl eine ganze Welt voller erdig-schwerer, aromatischer Düfte, angefüllt mit dem köstlichen Aroma der schlafenden Erdenmutter. Nie zuvor waren seine Sinne derart geschärft.

Als Omar die Augen hob und die Erhabenheit der abertausend glitzernden Sterne am Firmament erblickte, war ihm, als wolle sein Herz überquellen, ja zerspringen vor Glück und Dankbarkeit ob all der unermesslichen Schätze, die ihm das Dasein jeden Augenblick schenkte.

Nie zuvor hatte er sich so lebendig, wie neugeboren gefühlt.

Das Leben war herrlich.

☆ ☆ ☆

27

Als Omar am nächsten Morgen erwachte, träumte sein Herz von der Liebe. Es sehnte sich nach jener Gefährtin, die bereit war, mit ihm in den Fluss der alles verzehrenden Liebe zu springen und sich davon forttragen zu lassen; die sich mit ihm frei und unbeschwert hoch in die Lüfte schwang wie zwei Vögel. Es war die Sehnsucht nach einer Liebe ohne Grenzen, die nicht scheitern würde am Alltag, sondern die in ihrer Tiefe und Großartigkeit das Leben mit all seinen Merkwürdigkeiten und Besonderheiten umarmte. Die, so fühlte er, einen Strahl des Göttlichen auf der Erde verankern würde, denn tief in sich wusste er: Wenn zwei Seelen, die füreinander bestimmt sind, zusammenfinden, war es möglich, den Himmel auf Erden zu erfahren und Gott im anderen Menschen zu begegnen.

So herrlich dieser Traum auch war – als Omar bewusst wurde, dass sein Traum nur ein Traum, er in Wahrheit jedoch allein war, spürte er einen Stich in seinem Herzen. Einsamkeit. War das der Preis, den er auf seinem Weg zu zahlen hatte?

Mit den Gefühlen war es eine seltsame Sache, sie kamen und gingen nach einem eigenen Willen. Mal sang sein Herz vor Seligkeit, wie in der vergangenen Nacht, als er die Angst vor dem Tod überwunden und sich danach wie neugeboren gefühlt hatte, dann wieder war es betrübt.

Als Omar schließlich zu jenem Felsen hinaufstieg, der einen weiten Blick über die Ebene bot, war der Himmel von Wolken bedeckt, und ein kühler Wind wehte.

Er zog den Umhang eng um sich. Obwohl dieser Ort gewöhnlich seine Seele einlud, mit dem Wind zu tanzen und mit den Wolken zu fliegen, war Omar nicht danach zumute, sich Träumereien hinzugeben.

Er erinnerte sich an die Worte des Mystikers, dem er von dem seltsamen Schmerz berichtet hatte, welchen er zuweilen in seinem Herzen spürte. Bisher hatte er stets versucht, vor der quälenden Empfindung zu flüchten, indem er Ablenkung suchte, Wasser holte oder Feuerholz sammelte, denn das half ein wenig. Doch wirkliche Erleichterung brachte es nicht.

»Sieh' nach innen, laufe nicht davon«, hatte dagegen der Mystiker geraten. »Manchmal muss man mit dem, was man fürchtet, eins werden, um es besiegen zu können. Wenn du wegläufst, wird der Schatten in deinem Inneren weiter wachsen. Bleibst du jedoch stehen und wendest dich der Regung mitfühlend zu, wird sie durch das Licht deines Herzens und die Liebe, die aus ihm strahlt, verwandelt. Schatten, auf den Licht fällt, wird zu Licht.«

Nun – was konnte ihm die Einsamkeit jetzt noch anhaben, nachdem er bereits die Angst vor dem Tod besiegt hatte? Diesmal würde er nicht davonlaufen.

Diesmal nicht.

Mit dem Rücken an den Stein gelehnt, fühlte Omar den Schmerz der Einsamkeit wie niemals zuvor, spürte ihn wie ein Feuer in sich brennen, das ihm Tränen in die Augen trieb, bis er glaubte, es nicht mehr ertragen zu können.

Doch dann sah er das Licht.

Es war in seinem Herzen.

Das punktförmige Licht wuchs und wuchs, erfüllte sein Herz und strahlte in seine Brust hinein, und je größer und je heller das Licht wurde, umso mehr Freude begann er zu spüren, bis das Licht unaufhaltsam sein gesamtes Sein durchdrang und er schließlich das Gefühl hatte, von innen her zu leuchten.

Das Gefühl der Einsamkeit war nur mehr eine flüchtige Erinnerung, denn nun durchströmte Omar eine so machtvolle, intensive Freude, dass er nicht anders konnte, als vor Vergnügen leise vor sich hin zu lachen.

War dies die Alchemie, die der Mystiker erwähnt hatte?

Manchmal muss man mit dem, was man fürchtet, eins werden, um es besiegen zu können.

Der Wind hatte mittlerweile die Wolken vertrieben und war fast eingeschlafen. Nun sandte die Sonne ihre Strahlen hinab, und der Duft von sonnenwarmem Sand, Felsen und würzigen Kräutern lag in der Luft.

Genießerisch schloss Omar die Augen und spürte die wärmenden Strahlen im Gesicht. Kleine Lichtfunken tanzten hinter seinen Lidern. ›Welch herrliches Geschenk die Sonne doch ist‹, dachte er zufrieden.

Da erinnerte er sich an jene Nacht, in welcher der Mystiker ihm dieselbe Frage wieder und wieder gestellt hatte, und einem spontanen Impuls folgend sandte er diese Frage erneut hinaus.

Wer bin ich?

Dann lauschte er.

Eine leichte Brise kam auf.

Und aus der Stille sprach eine Stimme zu ihm:

»Ich bin die Quelle der Unendlichkeit,
ich bin der Anfang und das Ende von allem.
Ich bin die Stille und der brausende Orkan,
ich bin der Flug des Falken
und der Gesang der Vögel,
das Leuchten der Blumen
und das Schweigen der Wüste.
Ich bin die Liebe und die Trauer,
Freude und Schmerz,
ich bin der Geist, der in allem leuchtet.
Alles ist in mir, und ich bin in allem.
Ich bin ein goldener Tropfen der Ewigkeit,
der den Ozean des Universums enthält.
Tauche ein, dieser eine Tropfen
enthält alles.«

Vor Omars innerem Auge erschien ein golden schimmernder Tropfen. Der Wind wehte sanft, als wollte er ihn ermutigen, sich von seinen Flügeln davontragen zu lassen.

Und er tat, was die Stimme gesagt hatte – tauchte ein in den goldenen Tropfen und verschmolz auf magische Weise mit allem, bis er das Gefühl hatte, selbst das Universum zu sein und alles zu enthalten, was darin atmete und existierte. Keine Trennung gab es mehr, denn alles war eins. Erde, Wind, Himmel, er selbst, Shalimah, die Sterne – alles eins. Dann lösten sich auch Begriffe und Formen auf, und nur Einheit blieb. Es war wie Nektar, der den Hunger seiner Seele stillte und ihm ein Gefühl tiefster Erfülltheit bescherte.

Zeitlose Sekunden der Ewigkeit verstrichen.

Omar lächelte, als er sich irgendwann mit dem Rücken an den Fels gelehnt wiederfand.

Einssein.

Sein Herz sang vor Seligkeit.

Denn nun hatte er zutiefst begriffen, dass Trennung nicht wirklich existierte, selbst wenn man voneinander entfernt war, und dass sich hinter allen Formen in Wahrheit Einheit verbarg. Intuitiv wusste er, dass er nie mehr wirklich allein sein würde. Denn er trug alles in sich.

Und alles, was für ihn bestimmt war, würde zu ihm finden.

☆ ☆ ☆

28

Wie versprochen erschien der Mystiker am darauffolgenden Morgen bei Sonnenaufgang am Lagerplatz. Er hatte frisches Brot und süße Trauben mitgebracht, die sie nun genussvoll verzehrten.

»Ich bin dem Tod begegnet, habe mit der Sonne gesprochen und das Universum in den Augen eines Einsiedlers erblickt«, berichtete Omar und schob sich eine Handvoll der glänzenden Trauben in den Mund. Wie köstlich die saftige Süße doch war!

»Ich weiß«, entgegnete der Mystiker ruhig.

»Wie ist das möglich?«

»Wenn zwei Herzen miteinander verbunden sind, weiß man um den anderen«, gab der Mystiker zurück.

»Dann wisst Ihr auch von den furchterregenden Bildern, die mir in jener Nacht erschienen? Woher kamen sie?«, wollte Omar wissen.

»Es waren deine eigenen Ängste«, antwortete der Mystiker. »Die Art, wie der Tod dir sein Angesicht offenbarte, entsprach deiner eigenen Angst vor ihm. Es war nicht der Tod, sondern deine Angst vor dem Tod, der du begegnet bist und die diese Formen und Gestalten annahm. Wer dagegen den Tod als Freund betrachtet, dem begegnet er auch als Freund. Dein Erleben hängt stets davon ab, was du insgeheim erwartest, und ob dein Herz der Liebe zugewandt ist oder der Angst. Wenn das Herz mit Liebe erfüllt ist, ist Angst vollkommen abwesend. Erinnerst du dich an deinen Traum vom grünen Kristall?«

Omar nickte.

»Deine Ängste können ebenso Gestalt annehmen, wie deine Träume Wirklichkeit zu werden vermögen. Jedoch erfordert es große Achtsamkeit, diese beiden sich verwirklichenden Kräfte zu beherrschen, die jeder Mensch in sich trägt. Wenn du deine Ängste wirklich besiegt hast, verlieren sie jegliche Macht über dich. Doch damit sie erlöst werden können, muss Liebe vorhanden sein. Liebe allein hat die Kraft, die Angst zu erlösen. Vor der Liebe verneigen sich Engel wie Dämonen, und Illusionen verlieren ihre Kraft, denn die Liebe ist wie ein Meer aus Licht, das alle Dunkelheit durchdringt.«

›Und nur die Liebe bleibt übrig‹, dachte Omar im Stillen und erinnerte sich an das Gefühl beruhigender Geborgenheit, die er in jener Nacht empfunden hatte, als er hinter die Illusion des Todes geblickt und einen Hauch von liebender Ewigkeit erfahren hatte.

»Die Liebe ist die größte Kraft im Universum«, fuhr der Mystiker fort. »Sie allein kann heilen, was sonst niemand zu heilen vermag. Es gibt keine größere Macht als die Liebe. Sie ist der Anfang und das Ende einer jeden Reise.«

»Der Tod vollendet den Kreislauf des Lebens, der mit der Geburt begonnen hat. So wie ein Stern am Himmel wandert und am Ende seines Zyklus wieder an seinen Ausgangspunkt zurückkehrt«, ergänzte Omar. »Doch erst die Liebe verleiht unserem Leben Glanz und erfüllt es mit Sinn. Dann haben wir das Gefühl, wirklich gelebt zu haben.«

Der Mystiker schwieg lächelnd, sein Herz war voller Freude. Nun, wo Omar die Angst vor dem Tod überwunden und die Macht der Liebe in sich entdeckt hatte, würde ihn nichts mehr aufhalten können. Er hatte die wichtigste Prüfung bestanden.

Zufrieden wickelte der Mystiker das restliche Brot in ein Tuch und verstaute es sorgsam im Schatten des Zeltes. Dann warf er einen prüfenden Blick gen Himmel und meinte: »Und nun lass' uns mit den Übungen beginnen.«

⭑

Schweigend betrachteten sie die weite Ebene unter ihnen, nachdem sie in den wärmenden Strahlen der Morgensonne ihr Gebet beendet hatten.

Sanft schimmerten die Gräser im Licht.

»Ich habe über die Liebe nachgedacht«, ergriff Omar das Wort. »Es ist seltsam. Wenn zwei Menschen sich lieben, beginnt die Welt zu strahlen. Die Liebe wärmt das Herz und schenkt einem das Gefühl, im Himmel zu fliegen. Doch wie kann etwas, das so schön ist, gleichzeitig so viel Leid erzeugen?«

Denn im Namen der Liebe ereigneten sich seltsame Dinge.

Obwohl man Liebe für die schönste Sache der Welt hielt, schienen nicht alle Paare glücklich zu sein. Ein ums andere Mal hatte er vernommen, wie in Tränen aufgelöste Frauen verzweifelt über die Untreue ihres Geliebten klagten. Er hatte zugehört, als sich Männer bitter darüber beschwerten, ihre Frauen würden ihnen die Freiheit rauben. Schließlich war er Zeuge gewesen, wie sich Eheleute ungestüm zankten und einander wüste Schmähungen an den Kopf warfen.

Wie viele Gesichter hatte die Liebe?

Der Mystiker überlegte einen Moment und antwortete dann:

»Menschen, die sich im Namen der Liebe gegenseitig Leid zufügen, kennen das wahre Wesen der Liebe nicht. Sie folgen einem Trugbild. Sie versuchen, einander zu besitzen, einander festzuhalten oder übereinander zu bestimmen. Wenn der Glanz der anfänglichen Verliebtheit weicht, beginnt sich bald ein grauer Staub über ihre Herzen zu legen. Dann sind sie enttäuscht, und um die Enttäuschung nicht mehr spüren zu müssen, verschließen sie ihr Herz. Denn was sie als Erstes spüren würden, wenn sie ihr Herz wieder öffneten, wäre der Schmerz, das wahre Wesen der Liebe nie gekannt zu haben.

Nur einige wenige wissen um das Geheimnis. Du erkennst sie an ihren Gesichtern, die von tiefer Zufriedenheit und innerer Freude geprägt sind, an ihren Augen, aus denen ein stiller Glanz der Erfülltheit leuchtet. Es sind die Gesichter von Menschen, die eine lange Zeit Seite an Seite durch alle Höhen und Tiefen des Lebens gegangen sind, getragen von wahrer Liebe, die zwei Herzen eins werden lässt. Ihnen erschließt sich eine Kraft, die stärker ist als alles Leid.«

»Was ist das Geheimnis wahrer Liebe?«

»Wahre Liebe lässt grenzenlos frei und nah zugleich. Dies kennzeichnet die wahre Liebe: dem anderen die Freiheit zu lassen, so zu leben und zu handeln, wie es ihn glücklich macht. Dies ist das Gesicht der wahren Liebe: Sie liebt bedingungslos, stellt keine Forderungen und will die Geliebte glücklich sehen. Sie bindet nicht, sondern lässt frei. Sie knechtet nicht, sondern gibt Rückenwind. Sie ermutigt den Geliebten, seine Träume zu leben und seinen Weg zu gehen. Sie gibt, unterstützt und fördert, ohne zu erwarten. Sie verlangt nichts, sondern verschenkt sich selbst. Das ist das Gesicht der wahren Liebe.

Diese Liebe ist ein Segen, und wer von ihr berührt wird, erfährt diesen Segen. Es gibt nichts Heilsameres als wahre Liebe. Sie heilt die tiefsten Wunden und die schlimmsten Verletzungen. Sie ist Balsam für die Seele, sie ist wie ein sanfter Hauch, der das Herz liebkost, es mit Leichtigkeit und Freude erfüllt. Es gibt keinen größeren Segen als die wahre Liebe.«

Der Mystiker schwieg einen Moment, denn er wusste: Worte brauchen Zeit, um die Seele berühren zu können.

Nach einer Weile fuhr er fort. »Siehst du die beiden Vögel dort oben?«, fragte er und deutete gen Himmel, wo zwei Bussarde langsam und erhaben ihre Kreise zogen.

Omar nickte.

»Jeder dieser Vögel fliegt für sich allein, und doch teilen beide denselben Raum. Nähe und Freiheit sind die beiden Flügel der Liebe. Nur mit beiden Flügeln kann dich die Liebe in den Himmel emportragen. Ein Vogel mit nur einem Flügel kann nicht fliegen. Er wird am Boden bleiben und das wahre Wesen der Liebe nie erfahren. Beide Flügel wachsen zu lassen – einen anderen Menschen so nahe zu lassen, dass sich ihm dein ganzes Wesen offenbart, und gleichzeitig dem anderen vollkommene Freiheit zu gewähren, erfordert großen Mut. Doch erst dann kannst du die Schönheit dieser Liebe erfahren, ihre unendlichen Tiefen und ihre höchsten Gipfel.

Das Herz liebt frei von Erwartungen, Hoffnungen oder Wünschen. Es liebt einfach – bedingungslos. Sei darum achtsam: Das Festhalten an anderen Menschen, an Plänen des Verstandes oder das Hegen von Erwartungen bringt nur unnötig Leid. Denn wer weiß schon, welchen Lauf das Leben nimmt? Wenn die Zeit reif ist, wird die Geliebte zu dir finden, wenn dies euer beider Bestimmung ist. Doch sie hat die freie Wahl.

Lass die Geliebte deshalb stets ihren Weg gehen. Sie muss dem Ruf ihrer eigenen Seele folgen und so handeln, wie es für sie selbst das Beste ist. Und das bedeutet nicht, dass sie dich nicht liebt. Ein wahrhaft Liebender versteht dies und lässt den anderen frei. Halte daher stets nur an der Liebe selbst fest. Sie wird dich verlässlich führen, bis du die größte Liebe findest.«

Der Mystiker schwieg und blickte versonnen in die Ferne. ›Die Liebe hat tausend Wege‹, dachte er. Und jeder Mensch besaß die Freiheit, dem Ruf der Liebe zu folgen, oder ihr gegenüber sein Herz zu verschließen. Wer jedoch den Samen der Liebe nährte, der in jedes Herz gepflanzt war, für den bestand die Möglichkeit, dass sich ihm eines Tages nicht nur all die verborgenen Schätze dieser Welt, sondern auch weiterer Welten enthüllen würden.

›Die Liebe ist die wahre Krönung des Lebens‹, sann der Mystiker. ›Nur der Allmächtige allein weiß, wie jedes Herz so zu berühren ist, dass sich ihm das wahre Gesicht der Liebe offenbart. Wenn sie dich einmal ereilt und du ihren Geschmack kennen gelernt hast, wird dich die Liebe immer wieder rufen. Es mögen Jahre vergehen, und manch einer öffnet sein Herz erst wieder auf dem Sterbebett. Wer jedoch das Glück hat, das wahre Antlitz der Liebe im Lauf seines Lebens zu erfahren, ist wahrlich gesegnet, kann er dies fortan doch für den Rest seines Lebens auskosten.‹

Wenn er die Zeichen richtig gedeutet hatte, und das verstand der Mystiker, war es Omar bestimmt, das wahre Antlitz der Liebe zu erfahren, weil dies die Sehnsucht seiner Seele war und er zudem die Fähigkeit besaß, seinem Herzen und den Zeichen, die es ihm sandte, zu folgen.

›Denn die Seele des Menschen ist für die Liebe bestimmt‹, dachte der Mystiker.

⋆ ⋆ ⋆

29

Omar blickte in die Ferne. Er war allein. Nur die Sonne und der Wind leisteten ihm Gesellschaft.

Diesmal war der Wind sehr ungestüm. Er wirbelte den Sand auf, fuhr durch die Gräser und zerrte an seiner Kleidung, als hätte er Vergnügen daran. Der Wind konnte manchmal sehr launisch sein. Andererseits war er auch ein guter Freund, wenn er in der Mittagshitze mit seiner kühlenden Brise Erleichterung brachte.

Der Wind war frei, so wie er selbst.

Da fasste sich Omar ein Herz und bat:

»Wind, kannst du mir ein Zeichen meiner Geliebten bringen?«

Manchmal tat es gut, zu wissen, dass man geliebt wurde.

Der Wind schwieg. Er brauchte ein wenig Zeit, um an jenen anderen Ort zu reisen und in das Herz des Mädchens zu schauen, von dem der Hirte gesprochen hatte.

Omar wartete. Obwohl er wusste, dass das Schicksal unfehlbar alle Lebenswege lenkt, war ihm ein wenig bang, welche Antwort der Wind bringen würde.

Da wirbelte ein kräftiger Windstoß die trockenen Blätter am Boden auf und brachte eine kleine, weiße Feder mit, die sanft neben Omar zu Boden schwebte.

Der Mystiker hatte von Zeichen gesprochen. Dies war ein Zeichen.

Er hob die Feder auf und betrachtete sie. Sie war sehr zart und schön. Mit einem Mal wurde ihm sehr warm ums Herz, und er fühlte, wie sich eine sanfte Umarmung Shalimas um ihn legte, so dass er glaubte, ihren Duft und ihre Wärme spüren zu können.

»Danke, Wind«, lächelte Omar. Und aus der Tiefe seines Herzens sandte er Strahlen der Freude zu jenem anderen Herzen, das auf ihn wartete.

☆ ☆ ☆

30

Es war still an diesem Nachmittag. Selbst der Wind regte sich kaum, strich nur manchmal über die stille Wasseroberfläche, um sie in ein leichtes Kräuseln zu versetzen, und schwieg dann wieder.

Omar war zum Quellteich hinabgewandert, hatte die Wasservorräte aufgefüllt und ruhte sich nun aus. Er liebte es, im Schatten der Bäume am Ufer des kleinen Teichs zu sitzen und die Blätter zu beobachten, die sanft auf der Wasseroberfläche dahintrieben. Es machte sein Herz friedlich.

Seine Augen glitten über die bunten, mit Flechten bewachsenen Steine am Ufer und folgten den Ameisen, die emsig darüberkrabbelten.

Ein Schwarm Vögel strich leise rauschend vorüber. Omar sah, wie sich ihre Silhouetten auf der Wasseroberfläche widerspiegelten.

›Die Welt ähnelt dem Spiegelbild eines fliegenden Vogels‹, ging es ihm durch den Sinn. ›Alle Formen sind Reflektionen desselben Einen Seins – Vögel, Grashalme, Bäume, Steine und Menschen. Wir betrachten jedoch nur das Spiegelbild, und unser gesamtes Leben kreist darum.

Dabei ist dies längst nicht alles. Denn würden wir den Blick nach oben richten, könnten wir die Quelle erkennen, aus der alle Spiegelbilder und alle Schöpfung stammen. Doch meist blicken wir nach unten. Seltsam. Wann haben die Menschen verlernt, nach oben zu sehen?‹

Omar hielt einen Moment in Gedanken inne und hob seinen Blick von der Wasseroberfläche. Er sah, wie sich die Strahlen der Sonne fächerförmig an einigen Wolken vorbei ihren Weg nach unten bahnten. Seit jeher hatten die Menschen die Sonne verehrt. Ohne das Licht der Sonne war kein Leben möglich. Und doch war das Licht der Sonne nur ein Abglanz des noch größeren, noch strahlenderen Lichtes des Schöpfers, dessen Herrlichkeit sich im Licht der Sonne zeigte.

›Das Licht, was da strahlt, wenn wir gen Himmel blicken‹, dachte Omar ›ist so stark, dass unsere Sorgen zu Schatten werden. Dieses Licht nicht mehr zu sehen, ist die Ursache von Leid. Dann sehen wir nur noch Dunkelheit und haben das Gefühl, dass sie uns überwältigt. Dabei ist die wahre Ursache des Leidens, dass wir verlernt haben, richtig zu sehen. Würden wir in Richtung der Quelle schauen, die alles erschaffen hat, könnten wir das Licht erkennen. Das ist das Ende des Leidens, denn in diesem Licht verlieren die Sorgen ihre Bedeutung. Sie werden schwache Abbilder ihrer selbst, denn die Leuchtkraft des Lichts überstrahlt die Schatten. Sorgen, Ängste und Zweifel können in Gegenwart dieser hellsten und herrlichsten Sonne nicht gedeihen.‹

Das Leben würde immer Herausforderungen bringen, Klippen, die umschifft werden mussten, Stürme, die es zu überstehen galt. Doch wenn man die Verbindung zum Licht einmal wiedergefunden hatte, würden sich die Klippen nicht zu alles verschlingenden Dämonen auswachsen. Sondern das Licht würde einem zeigen, was wirklich da war: einfach nur Klippen, die es geschickt zu umfahren galt.

Eine leichte Brise kam auf, kräuselte die Wasseroberfläche und trieb die Blätter wie kleine Schiffchen vor sich her.

Da hörte Omar, wie das Wasser ihm zuflüsterte:

»Glück ist, eins zu sein
mit dem, was ist.
Dann erwächst sogar
aus der Traurigkeit eine Blume –
Reife, Hingabe oder Mitgefühl,
so wie die Lotusblume
aus dem dunklen Sumpf erwächst.
Der Sumpf und die Blume,
Berg und Tal sind Aspekte
desselben Einen Seins.
Das Durchmessen der tiefsten Tiefen
ermöglicht das Aufschwingen
in höchste Höhen.
Doch erst, wenn du die Höhe
nicht mehr verzweifelt suchst

und das Tal nicht mehr fliehst,
sondern dich dem Fluss
des Lebens hingibst,
die Höhen genießt,
ohne anzuhaften,
die Täler durchläufst
ohne Widerstand,
gelangst du
in die Mitte.«

Omar lächelte versonnen.

Wieder hatte ihm die Weltenseele eine Erkenntnis geschenkt. Man wusste nie, wann einem diese kostbaren Perlen zuteil wurden. Doch wenn man achtsam war, konnte man sie auffangen und hüten wie einen Schatz.

⭑ ⭑ ⭑

31

Der Mystiker schlief.

Das Feuer war weit heruntergebrannt und wärmte kaum noch.

Omar fröstelte. Er schälte sich aus den Decken und stand leise auf, um das Feuer anzuschüren und ein paar Äste nachzulegen.

Der Mond schien hell und tauchte die Felsen in silbriges Licht.

Still war es. Nur das Holz knisterte leise, während es langsam von den Flammen verzehrt wurde.

Da erinnerte sich Omar an die Worte des Mystikers:

»Wer nicht rastet und ruht,
wer dem Ruf der Seele unverzagt folgt,
bis er die Antworten gefunden hat,
nach denen sein Herz sich sehnt,
dem wird der größte Lohn zuteil,
und sein Herz wird leuchten vor Seligkeit,
denn er findet das Paradies.«

Manchmal erschienen ihm die Verse seines Meisters sehr rätselhaft. Doch wenn er nachfragte, bekam er des Öfteren zu hören: »Du wirst es wissen, wenn die Zeit reif dafür ist.« So übte er sich in Geduld.

Auf einige Fragen hatte er bereits Antwort erhalten. So manche Erkenntnis war in ihm aufgestiegen, während er betete oder einfach still dasaß und in das Sein hineinlauschte. Weitere Hinweise hatte er in Träumen erhalten. Und einiges hatte ihn die Natur selbst gelehrt. Doch manche Fragen waren unbeantwortet geblieben.

Immer deutlicher spürte Omar in seinem Herzen eine zehrende Sehnsucht nach dem Allmächtigen, die zuweilen so stark war, dass es schmerzte.

Wieso war er überhaupt von Gott getrennt?

›Was ich suche‹, dachte Omar, ›steht in keinem Buch der Welt. Es ist für die Augen nicht sichtbar, für den Verstand nicht fassbar, für die Ohren nicht wahrnehmbar. Es ist das Flüstern der Einen Seele, die alles durchdringt, und das Aufgehen darin.‹

An guten Tagen erlebte er stille Glückseligkeit, wenn er sich mit dem Schöpfer vereint fühlte. Doch dann folgten auch Tage voll tiefster Verlassenheit, in denen es ihm nicht gelang, die Gegenwart des Allmächtigen zu spüren. An solchen Tagen fühlte er sich hilflos wie ein Stück Treibholz im Meer. Wo war er, der Gott der Gnade und Barmherzigkeit an jenen Tagen? Wenn er doch allgegenwärtig war, warum hatte er ihn dann nicht spüren können?

»Allmächtiger, ich möchte mit dir sprechen«, sagte Omar in die Nacht hinein.

Die Nacht schwieg.

»Sag mir, wer du bist«, forderte Omar erneut voller Sehnsucht. »Wer bist du, der die Geschicke der Welt lenkt, der die Seelen führt und die Herzen entflammt? Wer bist du, der du größer, edler und mächtiger bist, als wir es uns je vorzustellen vermögen?«

Seine Worte hallten in die Nacht hinein. Funken stoben knisternd auf und flogen leuchtend in den Himmel, als er ein Stück Holz ins Feuer legte.

Dann war es still.

Und aus der Stille vernahm er eine Stimme, und er wusste, es war die Stimme des Einen:

»Ich bin der Atem,
aus dem alles entsteht,
die Quelle der Quellen,
aus der alles entspringt.
Ich bin alles, was ist und noch mehr.
Ich bin die Unendlichkeit,
aus der alle Form entspringt
und in die alle Form zurückkehrt.
Ich bin das Leben und der Tod,
Lachen und Weinen, Licht und Schatten,
Stärke und Schwäche.
Ich bin der Flügelschlag eines Schmetterlings;
ich bin die zärtliche Hand einer Mutter,

die ihrem Kind die Tränen
von der Wange wischt.
Ich bin verborgen selbst im Herzen
eines finsteren Bösewichts wie auch
im hellen Lachen eines Kindes.
Ich bin die kleinste Blume
und der hellste Stern.
Ich bin die kühlende Brise
in der Hitze des Tages
und das sanfte Schweigen der Nacht.
Ich bin im Wachen und im Schlafen,
in den Menschen, den Tieren,
in Blumen und Steinen,
in Meer und Himmel
und jenseits von allem.
Alles ist in mir.
So auch du.«

Omar hatte jedes Wort tief in sich aufgesogen wie trockener Wüstenboden, auf den Regen fällt. Sein Herz war voller Staunen, Dankbarkeit und Ehrfurcht. Der Allmächtige selbst hatte ihm geantwortet!

Die Stimme sprach weiter:

»Alle Worte, die versuchen, mich zu umfassen, drehen sich im Kreis. Kein Wort vermag je treffend zu beschreiben, was unaussprechlich ist. Die Dimension des Unendlichen kann nicht mit endlichen Worten beschrieben werden. Selbst die herrlichsten Worte sind ein schwacher

Abglanz des Wahren und vermögen sein Licht nicht angemessen widerzuspiegeln. Der beste Spiegel, der dies vermag, ist das menschliche Herz, welches einmal erweckt, den Glanz des Einen trefflich widerzuspiegeln vermag. Denn das menschliche Herz ist in seiner Tiefe unendlich. Es reicht tiefer als der tiefste Ozean und höher als der weiteste Himmel. Die Liebe des Herzens in ihrer Unendlichkeit ist Gott. Wenn das Herz ein klarer Spiegel geworden ist, hell wie der Vollmond in einer sternklaren Nacht, spricht das Herz eine andere Sprache – die Sprache des Einen, die Sprache der Liebe.«

Die Stimme verstummte.

Tränen waren in Omars Augen gestiegen, denn die Klarheit und Schönheit der Worte hatten ihn tief berührt. Ihm war, als würde sein Herz leuchten vor Glück. Und er wünschte sich, das Glücksgefühl möge anhalten und stärker werden, bis es ihn ganz verschlang.

Die Stimme fuhr fort: »Du hast das Potenzial in dir, zu diesem Spiegel zu werden. Höre darauf, was dein Herz dir sagt, es wird dich führen. In deinem Herzen spricht der Eine zu dir. Dies wird dich besser leiten als alle Worte der Welt, selbst wenn der, von dem sie stammen, als ein Weiser gilt. Der Eine, der sich dir selbst offenbart, ist die größte Weisheit, die du je erlangen kannst, und sie wird dir gegeben durch Gnade. Du kannst nichts dafür tun als dein Herz offen zu halten für den Schöpfer und deine Augen die Schönheit sehen zu lassen, die er rings um dich ausbreitet. Ein offenes Herz, das mit Seinen Augen schaut, findet diese Schönheit überall, selbst in ärmlichen Verhältnissen.

Sein Spiegel zu sein ist der größte Schatz, den du je erlangen kannst. Dies wird alles Leid beenden, und dein Herz wird vor Freude singen, so wie es vorgesehen war. Dies ist die Bestimmung derjenigen, die Ihn von ganzem Herzen suchen«, schloss die Stimme und schwieg.

Omars Herz brannte vor Glück und Sehnsucht. In diesem Moment wusste er jenseits aller Zweifel: Er wollte dieser Spiegel sein, dies war die Sehnsucht seiner Seele. Und er wusste ebenso: Allen Unglauben, alle Zweifel und jegliches Zaudern würde er verbannen müssen, wollte er ein klarer Spiegel sein. Nicht ein einziges Staubkorn sollte bleiben.

Über seine Wangen liefen Tränen, als er voller Inbrunst betete:

»Allmächtiger,
lass mich eine Blüte zu deinen Füßen sein,
lass mich Staub unter deinen Füßen sein,
nein, nicht einmal mehr das.
Lass mich Nichts sein,
auf dass du allen Raum
einnehmen kannst in mir.
Lass mich aufgehen in dir
wie ein Stern, der am Himmel verglüht,
wie ein Tropfen, der mit einem Seufzer
im Ozean versinkt.«

Seine Seele schwang sich empor, und er verharrte in der Unendlichkeit, mit seinem Ursprung vereint, bis die Morgendämmerung anbrach.

*

Als der Horizont sich rötlich färbte und das Licht lebendiger wurde, bis die Sonne schließlich prachtvoll aufging, berichtete Omar dem Mystiker von seinem Erlebnis. Er erwähnte auch sein Verlangen danach, jener Spiegel zu werden, von dem die Stimme gesprochen hatte, denn er fühlte, dass dies seine Bestimmung war.

Der Mystiker sah seinen Weggefährten voller Wärme an und schwieg lange. Er hatte auf den Augenblick gewartet, an dem die Rose ihre Blüten entfalten würde und ihren Duft zu verströmen begann. Er hatte den Rosenstrauch über lange Zeit sorgfältig gewässert, gedüngt und manchmal auch beschnitten, wenn er gar zu wild wucherte, denn sonst hätte er nicht die Vollkommenheit und Stärke hervorbringen können, die in ihm wohnte. Doch nun begannen sich die herrlichen Blüten zu öffnen.

Da nun der Schöpfer selbst Omar lehrte und er diese Sprache verstand, brauchte er seinen Meister nicht länger. Denn nun war er selbst in der Lage, das Geheimnis zu entschlüsseln. Schritt für Schritt würde es sich ihm weiter offenbaren, in dem Maße, wie er selbst wuchs. Der Lehrmeister musste zurücktreten, denn der Allmächtige selbst übernahm die Führung. So war es seit jeher gewesen, und so würde es immer sein. Die Aufgabe des Lehrers bestand darin, dem Schüler das Tor des Herzens zu öffnen und seinen Geist zu lichten, bis er von Klarheit erfüllt allein auf seinem Weg voranschreiten konnte.

Seine Aufgabe als Mentor war erfüllt, und er spürte, dass die Zeit des Abschieds gekommen war. Nun würden sich ihre Wege trennen, dann würde er allein weiterziehen, bis es Zeit für ihn war, seine letzte Reise vor den Allmächtigen anzutreten.

Der Mystiker gab sich einen Ruck, um die Gedanken abzuschütteln, und wandte sich Omar zu. »Bewahre diese Nacht gut in deinem Herzen«, meinte er. »Folge deiner Sehnsucht und schüre sie. Denn durch das Gedenken an den Schöpfer entsteht göttliches Licht und das Herz wird poliert, so dass es glänzt wie ein klarer Spiegel. Ist es einmal zum Spiegel geworden, kann man darin die Schönheit und Wahrheit Gottes erkennen. So wie sich die Sonne im Wasser spiegelt, spiegelt Er sich in deinem Herzen. Dann siehst du alles so, wie es wirklich ist. Das ist der größte Reichtum, den du erlangen kannst. Gegen ihn verblassen alle Schätze dieser Welt. Folge deshalb stets deinem Herzen.«

»Ich werde kaum anders können«, erwiderte Omar. »Denn meine Sehnsucht nach dem Schöpfer ist stärker als alles, was ich bisher kannte, sie brennt in meinem Herzen mächtiger als alles andere. Doch mein Verstand hat auch Zweifel, denn was ist mit meiner Liebe zu Shalimah? Mein Herz sehnt sich ebenfalls danach, ihr nahe zu sein.

Wie lässt sich mein Verlangen nach Einssein mit meinem Schöpfer mit meiner Sehnsucht nach einer Gefährtin vereinen? Welches ist der richtige Weg?«

»Ich kann dir nicht sagen, was für dich der richtige Weg ist«, entgegnete der Mystiker. »Du musst es selbst herausfinden. Dein Herz wird dich leiten. Die Wege, wie Menschen zu Spiegeln des Allmächtigen werden, sind so verschieden wie die Menschen selbst. Die Liebe zum Schöpfer schließt die menschliche Liebe nicht aus. Manche Menschen sind wie zwei Teile eines Spiegels, und wenn sie zusammenkommen, glänzen sie mehr als allein. Sie tragen in sich die Sehnsucht nach einem Leben mit dem geliebten Menschen an ihrer Seite. In ihrer reinen Liebe zueinander werden ihre Spiegel blank, so dass sie den Allmächtigen mit der Zeit klarer spiegeln können.

Wenn beide dieselbe Sehnsucht teilen, wird ihr Miteinander eine gemeinsame Reise zum Einen. Andere wiederum gehen den Weg allein und geben sich dabei ganz dem Schöpfer hin. Auch in ihrer hingebungsvollen Liebe wird ihr Spiegel poliert. Es gibt keinen richtigen oder falschen Weg, sondern nur den Weg, den dein Herz dir weist.«

Der Mystiker schwieg. Er wusste: Nichts war mächtiger als der Ruf der Liebe. Niemand, nicht einmal das unscheinbarste Geschöpf, vermochte sich ihr zu widersetzen, denn sie war im Kern eines jeden Wesens eingebrannt.

»Die Liebe ist der Schlüssel«, fuhr er fort. »Die Liebe ruft, und du folgst ihr. Sie berührt dein Herz, und du entflammst. Dann beginnst du, das Göttliche zu sehen – im anderen Menschen, in dir selbst, in allem, was dich umgibt. Wenn die göttliche Liebe dich berührt und dein Herz geöffnet hat, fließt ihre Kraft durch dich hindurch und verändert dich. Die göttliche Liebe durchdringt alle Schleier der Illusion. Sie allein vermag dir zu zeigen, was wahr und wirklich ist. Diese Liebe ist ein unerklärliches Mysterium, Magie, ein Wunder, und sie vermag dich auf ihren Flügeln ins Paradies zu bringen und die Sehnsucht deines Herzens zu stillen.

Liebe daher so viel du kannst, erlaube deinem Herzen zu lieben. Doch mache dein Lieben nicht an einer Person fest. Sondern liebe um der Liebe willen.

Liebe alles, was auf deinem Weg liegt – die Erde, die Felsen, die Blumen, die Bäume, das Brot in deiner Hand, den Menschen, der an dir vorbeigeht. Erlaube deinem Herzen, überzufließen und deine Liebe an alles zu verströmen. Das wird dir wahre Glückseligkeit und Frieden bringen.«

Der Mystiker warf seinem Gefährten einen langen Blick voller Wärme und Mitgefühl zu. Fast war es Omar, als könne er die Liebe, die darin lag, körperlich spüren, denn ihm wurde plötzlich sehr warm.

»Und nun lass' uns noch einmal gemeinsam die Übungen verrichten«, schlug der Mystiker vor und erhob sich. »Denn morgen schon werden sich unsere Wege für unbestimmte Zeit trennen. Mein Ruf treibt mich nun zu anderen Ufern, dir habe ich gegeben, was ich dir zu geben vermochte.« Und bei aller Wärme, bei aller Zuneigung schwang in seiner Stimme Endgültigkeit.

☆ ☆ ☆

32

Des Nachmittags wanderte Omar allein ein letztes Mal hoch hinauf zu den Felsen.

Als der Mystiker erwähnte, dass sich ihre Wege nun trennen würden, hatte Omar einen schmerzhaften Stich in der Brust verspürt. Fast ein Jahr lang waren sie Seite an Seite gewandert, und das Zusammensein mit dem Meister hatte sein Herz stets mit Freude erfüllt. Obwohl ihm bewusst war, dass sie irgendwann voneinander Abschied nehmen müssten – denn keine Lehrzeit währt ewig – hatte er diesen Gedanken stets zur Seite geschoben.

Der Vorstellung, sich von seinem Meister zu trennen, schmerzte. Nun würde er allein weiterziehen müssen, darauf vertrauend, dass sein Herz ihn führte. Und nur der Allmächtige wusste, ob und wann sich ihre Pfade je wieder kreuzen würden, denn er lenkte die Geschicke aller Wesen. Doch wenn es im Buch der Seelen geschrieben stand, so tröstete sich Omar, würden sie sich eines Tages wieder begegnen.

Allerdings, wenn er genau in sich hineinhörte, war da eine innere Gewissheit, die ihm sagte, dass alles gut werden würde. Seit er den Zugang zum Herzen aller Herzen in sich gefunden hatte, hatte er gelernt, mehr und mehr jener inneren Weisheit zu vertrauen, die sich ihm immer wieder neu offenbarte, Wege wies und Antworten gab. Dank ihr hatte er auf seiner Reise Geheimnisse erblickt, die kein menschliches Auge je zu sehen vermochte. Er hatte die Wahrheit entdeckt, die hinter den Dingen der sichtbaren Welt verborgen lag. Und wenn er das Leben durch die Augen dieser Wahrheit betrachtete, spürte er Gelassenheit und stille Freude in sich. Er tat weiterhin, was zu tun war, doch nun geschah es mit mehr Leichtigkeit und Anmut.

Selbst wenn gelegentlich Kummer oder Ärger sein Gemüt verdunkelten, schien es nunmehr, als wären dies nur flüchtige Wellen auf der Oberfläche eines Sees, während am Grunde seines Wesens Frieden herrschte.

Mit einem Mal wurde ihm bewusst, was nun anders war als zu jener Zeit, als er noch das Leben eines Schafhirten führte: Jetzt fühlte er sich nicht mehr von seiner Umgebung getrennt. Zwar hatte er sich auch damals auf eine gewisse Weise den Tieren und der Natur verbunden gefühlt, doch nun sah er tiefer. Er erkannte denselben Geist, der seinen eigenen Körper beseelte, überall – in den Felsen, den Bäumen, den Blumen, den Tieren und den Menschen.

Doch so tröstlich dies auch war, gelang es ihm doch nicht vollends, die Traurigkeit zu verdrängen, die in ihm aufkam, wenn er an den bevorstehenden Abschied von seinem Meister dachte, nahm jener doch in seinem Herzen einen besonderen Platz ein.

Omar seufzte.

Plötzlich entsann er sich seiner Erfahrung mit dem goldenen Tropfen, in welchen er einst eingetaucht war. War ihm da nicht eine größere Wahrheit offenbart worden? Hatte er sich da nicht selbst als das Universum erlebt, das alles umfasste – die Sterne, den Kosmos und alles Leben? Hatte er da nicht erfahren, dass alles eins war?

Blitzartig durchfuhr ihn der Gedanke: ›Wenn ich alles und eins mit allem bin, gibt es in Wahrheit keinen Anfang und kein Ende. Das ist nur eine Einbildung, denn die Wahrheit sieht anders aus.‹

Er war überwältigt von dieser ungeheuren Erkenntnis. ›Wenn es keinen Anfang und kein Ende gibt‹, durchfuhr es ihn weiter, ›dann gibt es auch keine Trennung.‹

Die Traurigkeit verflog augenblicklich, und lächelnd dachte er daran, dass diese Gedanken wohl niemand aus seinem Heimatdorf verstehen würde.

Wohin wohl all diese Erkenntnisse führen würden?

Wohlig lehnte sich Omar an den Fels zurück und schloss die Augen.

Mit einem Mal war ihm, als würde ein Engel ihn sanft berühren, und in seinem Inneren vernahm er eine Stimme:

»Deine Erkenntnisse führen zum Absoluten«, sagte die Stimme.

Omar verstand die Wahrheit dieser Worte. Und doch fragte er sich, wie es ihm wohl gelingen sollte, beide Welten – die sichtbare und die unsichtbare – miteinander zu vereinen, denn ihre Gesetze schienen so unterschiedlich. In der Welt, in der er lebte, war man es gewohnt, vom Beginn und Ende der Dinge zu sprechen.

Die Stimme fuhr fort: »Anfang und Ende sind Erfindungen des Verstandes. Doch der Verstand kann die absolute Wahrheit nicht erfassen. Dafür ist er nicht vorgesehen. Sie zu erfassen ist nur möglich, wenn du jenseits des Verstandes gehst. Aus der Sicht des Absoluten sind Anfang und Ende, Leben und Tod nur wechselnde Zustände, unterschiedliche Ausdrucksformen des Einen selbst. Sie sind wie Wind und Windstille – doch die Luft bleibt stets dieselbe.«

Die Stimme schwieg.

»Was ist das, was bleibt, jenseits aller wechselnden Zustände?«, fragte Omar zurück.

Die Stimme erwiderte: »Das Eine, das reine Sein selbst. Es ist die Mitte von allem. Schön, unbegrenzt, frei, und in sich selbst vollkommen.«

Omar begriff. Er spürte, wovon die Stimme gesprochen hatte, und empfand plötzlich ein tiefes Vertrauen, dass das Leben, so wie es war, vollkommen war.

Alles war gut.

Er wusste, dass er mit dem Mystiker durch ein magisches Band verbunden war, gewebt von demselben Einen, das alles durchdrang. Und dieses Wissen erfüllte sein Herz mit Freude.

Versonnen blickte er über das Tal mit den sanft geschwungenen Hügelketten, die in der Ferne friedlich dalagen. Die Sonne stand bereits tief am Horizont und tauchte die Landschaft in ein Farbspiel aus leuchtenden Orange- und Goldtönen.

Leise lächelnd, zutiefst mit sich selbst im Reinen, streckte Omar seine Glieder und erhob sich langsam. Schon bald würde die Dunkelheit hereinbrechen, und dann wäre es gut, rechtzeitig für ein wärmendes Feuer vorgesorgt zu haben.

☆ ☆ ☆

33

Am nächsten Morgen fand Omar eine kleine weiße Feder auf seiner Decke. Das war noch nie geschehen.

Er lächelte.

›Jedem Ende wohnt ein neuer Anfang inne‹, dachte er. Und er bat den Wind, seiner Geliebten auszurichten, dass er sich bald auf dem Weg zu ihr machen würde.

Als sie das köstlich duftende Fladenbrot verzehrten, das sie miteinander scherzend zubereitet hatten, und dazu starken süßen Tee tranken, berichtete Omar von seiner letzten Erkenntnis: dass es keinen Anfang und kein Ende gab, weil alles eins war.

Über das Gesicht des Mystikers huschte ein zufriedenes Lächeln. Sein Schüler hatte Höhen und Tiefen durchmessen, Rückschläge und Erfolge erlebt, doch schließlich hatte er den Schatz gefunden, um den es auf dieser Reise ging.

Er warf Omar einen tiefgründigen Blick zu. Endlose Güte schien aus seinen Augen zu strömen. Wieder hatte Omar einen Augenblick lang das Gefühl, in die Unendlichkeit einzutauchen, die in den Augen seines Meisters verborgen lag.

»Da du die Quelle der Weisheit in dir selbst gefunden hast, brauchst du mich nicht mehr«, meinte der Mystiker. »Selbst wenn wir nun verschiedene Wege gehen, ist diese Trennung nicht wirklich, denn im Herzen bleiben wir miteinander verbunden. Hänge der Vergangenheit nicht nach. Vergangenheit und Zukunft sind nur Illusionen, Trugbilder des Geistes und so unwirklich wie eine Fata Morgana.

Das Einzige, was du wirklich besitzt, ist die Gegenwart. Nur dort spürst du den Wind und die Sonne, riechst den Duft der Erde und genießt das Beisammensein mit Menschen, die du liebst. Nur dort wanderst du von Augenblick zu Augenblick, empfänglich für die Geschenke des Lebens. In der Gegenwart wirst du mich immer finden, selbst wenn wir voneinander entfernt sind. Im Gesang des Windes, im Ruf des Falken, in der Stille deines Herzens findest du mich.«

Der Mystiker schwieg. Er wusste, dass sich das Leben nur weiterentwickeln konnte, wenn man nichts festhielt. Und er dachte, dass das Einzige, dessen man sich im Leben sicher sein konnte, Veränderung war. Das Leben stand niemals still. Alles war einem beständigem Rhythmus aus Werden, Vergehen und Neuformen unterworfen. Doch darin lag auch die Großartigkeit der Schöpfung.

Schließlich brachen sie das Lager ab und luden ihre Habseligkeiten auf die Pferde. Dann sagte der Mystiker:

»Teile das, was du gefunden hast, mit anderen, die sich ebenfalls danach sehnen, die Wahrheit zu finden. Sei offenen Herzens bereit, deinen Schatz zu teilen, denn auf dich warten viele. Doch vergiss niemals: Was auch immer ein anderer in dir an Größe oder Vollkommenheit sehen mag – er erblickt in Wahrheit die Schönheit und Vollkommenheit seiner eigenen Seele. Er sieht sich selbst in dir. Der Allmächtige hat uns als Spiegel erschaffen, damit die Menschen ihn ineinander erkennen können. Das ist das Geheimnis der Schöpfung. Doch nur, wer mit den Augen des Herzens sieht, vermag dies zu erkennen.«

Der Mystiker wusste: Sein Schüler würde die Tradition fortsetzen und aus der Weisheit seines Herzens lehren, wie unzählige Meister vor ihm. Er würde das Licht bewahren, und das Licht würde den Menschen den Weg weisen.

⋆

Schweigend ritten sie zum Dorf zurück. Dort verkauften sie das Zelt, einige Gerätschaften und das Packpferd zu einem guten Preis und teilten den Erlös.

Am Ortsende zügelte der Mystiker sein Pferd. Er wandte sich seinem Gefährten zu und legte eine Hand auf sein Herz.

»Sei gesegnet«, sagte er mit einer leichten Verbeugung.

»Seid gesegnet«, erwiderte der Hirte und verneigte sich tief.

Dann gab der Mystiker seinem Pferd die Sporen. Noch einmal wandte er sich um und hob die Hand zum Gruß. Dann verschwand er in der Ferne.

Der Hirte ritt der Sonne entgegen. Er spürte, dass eine verheißungsvolle Zukunft vor ihm lag.

⭑ ⭑ ⭑

Epilog

Der Mystiker schaute den Flammen zu, wie sie flackernd in den Nachthimmel tanzten. Er hieß Omar.

Um das Feuer hatte sich bereits eine Runde von Zuhörern versammelt. Die abendlichen Zusammenkünfte mit dem Mystiker waren beliebt. Niemand konnte es erklären, doch in jenen Nächten lag etwas Besonderes in der Luft. Es war ein Hauch, der die Herzen der Menschen berührte und ihre Sehnsucht zu stillen vermochte, eine sanfte Freude, die sich auf alle Anwesenden auszubreiten schien.

Sie kamen, um den Erzählungen des Mystikers zu lauschen, und um ihm Fragen zu stellen. Denn er wusste Antworten auf Fragen, auf die sie selbst keine fanden, so sehr sie sich auch bemüht hatten. Viele spürten bei den Zusammenkünften zum ersten Mal einen lang ersehnten Frieden im Herzen. Und allein dieser Friede war es wert, dem Meister zu lauschen.

Leise wehten die melancholischen Klänge einer Hirtenflöte herüber, während das Feuer prasselte und alle gespannt darauf warteten, dass der Mystiker zu sprechen begann – oder dass die erste Frage gestellt wurde.

Da erhob einer aus der Runde seine Stimme:

»Bitte sprich über das Glück. Es scheint so vergänglich und unstet wie eine Feder im Wind. Ich habe in meinem Leben viel erreicht, wovon ich träumte, und doch überfällt mich manchmal eine Traurigkeit, ein seltsames Sehnen, als ob noch etwas fehlen würde zu meinem Glück, und dann bin ich betrübt darüber, dass ich traurig bin. Wie kann ich wahrhaft glücklich sein?«

In Jamals schönem, fragendem Gesicht mischten sich Sehnsucht mit Schatten des Zweifels. Als Inhaber eines gutgehenden Tuchgeschäfts war er frei von materiellen Sorgen, erfuhr den Segen einer harmonischen Ehe und war zudem Vater einiger prächtiger Kinder – und doch, er hatte diese Frage gestellt.

Der Mystiker blickte aufmerksam in die abendliche Runde. Alt und jung waren versammelt, einem inneren Ruf gefolgt, der sie hier zusammenführte. Der Mystiker wusste, er war Teil des göttlichen Spiels, und er folgte den Anweisungen seines Herzens, das ihn immer wieder an diesen Ort brachte, wo die Menschen seine Worte begierig tranken wie Verdurstende, die sich an einer kühlen Quelle laben.

Nun, da er, mit Shalimah an seiner Seite, das Glück einer eigenen Familie erfuhr und sie aufgrund seiner Heilkünste keine Not litten, dankte er dem Allmächtigen täglich dafür. Er hatte mehr in seinem Leben erhalten, als er je zu träumen gewagt hatte. Bei alldem war er sich jedoch stets bewusst, dass der größte Reichtum, den ein

Mensch je zu finden vermag, aus einer inneren Quelle stammt und dass es Mut braucht, sich auf die Suche nach diesem Schatz zu begeben.

»Die Suche nach dem Glück ist in das Herz aller Menschen geschrieben«, begann der Mystiker. »Doch was ist Glück? Wir erfahren es in einem spontanen Moment der Freude, etwa beim Anblick großer Schönheit, bei Erfüllung eines lang gehegten Traumes oder bei Erreichen eines lang ersehnten Ziels. Für einen kostbaren Augenblick strömt das Herz über vor Freude, frei von jeglichem Brauchen oder Vermissen. Es ist das Gefühl, vollkommen erfüllt und wunschlos zu sein, das uns so entzückt, so zutiefst zufrieden und glücklich sein lässt. Nach einer Weile jedoch verfliegt die Seligkeit, so wie der Wind einen köstlichen Duft davonträgt. Schon bald taucht der nächste Wunsch auf, und erneut beginnt die Suche nach dem Glück, nach Reichtum, nach Erfüllung. Doch diese Art von Glück ist vergänglich.

Der Verstand kann auf seiner Suche niemals dauerhaftes Glück finden, dies vermag allein das Herz. Doch das Glück des Herzens ist von anderer Art als das Glück des Verstandes, es trägt in sich den Geschmack von Unvergänglichkeit, von etwas Ewigem, das bleibt, selbst wenn die Welt und alle Sterne verschwinden würden.«

Der Mystiker hielt einen Moment inne und blickte in die aufmerksamen Gesichter, in denen sich der Glanz des Feuerscheins flackernd widerspiegelte. Schließlich fuhr er fort, mit Bedacht die Worte wählend:

»Kein äußeres Glück, weder weltlicher Erfolg, noch Besitztümer oder gar ein anderer Mensch vermögen das zu schenken, was dem Wanderer auf seiner inneren Reise zuteil wird. Darum ist diese Reise die Höchste von allen. Erst wenn der Wanderer sein innerstes Zentrum erreicht hat, erhebt er sich über die Wechselhaftigkeit des Lebens mit all seinen Gegensätzen, Freud und Leid. Dann gewinnt er wahre Freiheit und einen tiefen Frieden, der jenseits aller Worte liegt.«

Von hier und dort erklang zustimmendes Raunen.

Der Mystiker kannte seine Zuhörer gut. Es waren erfolgreiche Kaufleute darunter, Gelehrte, Handwerker wie auch einfache Bauern. Sie alle hatten eines gemeinsam – sie sehnten sich nach derselben Quelle zeitloser Freude und Weisheit, aus welcher der Mystiker schöpfte. Manchmal konnte er ihre Ungeduld und große Sehnsucht spüren, dann überwältigte ihn unendliches Mitgefühl.

Er selbst fühlte, nach all den Jahren der Wanderschaft, nun ein beständiges Glück in sich, keine entrückte Hochstimmung, vielmehr ein inneres Lächeln, das alle Höhen und Tiefen des Lebens durchdrang, das sein gesamtes Wesen mit einer stillen Freude und strahlenden Gewissheit durchflutete, die jenseits aller Worte lag; spürte ein einziges stilles Lieben in sich, das alles umfasste – diesen herrlichen, gewaltigen, alles durchdringenden Tanz des Lebens, der tausendfältigen Schöpfung. Und dieses eine Lieben war der Atem der Ewigkeit selbst.

Kraft seines Herzens würde er etwas von diesem gewaltigen und doch stillen Glück hinein in die Herzen der anderen tragen, so dass sie auf geheimnisvolle Weise zu leuchten begannen.

Noraja, eine junge Dichterin und Schriftgelehrte mit feinen Gesichtszügen und tiefgründigen dunklen Augen, durchbrach nach einer Weile das Schweigen und fragte mit ruhiger, klarer Stimme: »Wenn nichts in dieser Welt uns dauerhaftes Glück schenken kann – was ist es dann, wonach wir im tiefsten Inneren suchen?«

Und die Worte des Mystikers sprachen zur Seele der Menschen:

»Es ist die Sehnsucht nach Einssein mit dem Ursprung, die Sehnsucht der Seele nach sich selbst. Eure Seele ist wie ein Vogel, sie will frei fliegen und dort nisten, wo es ihre Bestimmung ist. Der wahre Ursprung einer jeden Seele ist der Ozean des Schöpfers. Obwohl jeder Mensch stets untrennbar mit seinem Ursprung verbunden ist und das All-Eine niemals verlieren kann, kann er es vergessen. Dann beginnt seine Suche in der äußeren Welt nach einem Schatz, den er dort jedoch niemals finden wird, obgleich er in seinem Inneren untrüglich ahnt, dass er existiert.

In jenem gesegneten Augenblick jedoch, wenn der letzte Schleier von den Augen des Herzens weicht, kann der Wanderer die Illusion durchschauen und einstimmen in das kosmische Gelächter, weil er erkennt, dass er den kostbaren Schatz, den er so lange suchte, seit jeher besessen hat.

Wer das Königreich der Seele erblickt, dem offenbart sich der größte Reichtum: Das gesamte Universum, alle Sonnen, Sterne und Monde, alle Meere, Berge und Flüsse, alle Lebewesen, Himmel und Erde finden Raum in ihm. Er ist eins mit allem, alles ist in ihm, kein Anfang und Ende, nur überfließende Freude. Vollkommen erfüllt ruht er, von tiefem Frieden durchdrungen als strahlender Gott in sich selbst.«

Wie zärtliche Musik drangen die Worte in die Herzen und Seelen der Menschen und brachten das in ihnen zum Klingen, was nur darauf wartete, einzustimmen in die kosmische Sinfonie der Freude, die im Herzen aller Wesen zu finden ist.

☆ ☆ ☆

Über die Autorin

Jill A. Moebius lebt als Autorin in Deutschland und gelegentlich an anderen Orten der Welt. Über die Entstehung dieses Buches sagt sie: „Wenn man still ist, kann man die Sprache des Windes hören, und der Wind erzählt eine Geschichte. Ich habe aufgeschrieben, was der Wind erzählt hat … Man muss still sein, um es hören zu können. Der Wind weht überall …

Weitere Bücher aus dem Verlag Via Nova:

Das Geheimnis der richtigen Schwingung

Anleitung für ein wunder-volles Leben

Jill A. Möbius

3. Auflage

Hardcover, 232 Seiten, ISBN 978-3-86616-000-2

Alles, so die Autorin, ist eine Frage von Schwingung und Resonanz. Auf fundierte und leicht verständliche Weise vermittelt dieses Buch, wie das Resonanzprinzip als grundlegendes Gesetz unsere Realität, unseren Körper und unser Schicksal prägt – und wie wir dieses Wissen spielerisch nutzen können, um ein erfülltes und erfolgreiches Leben zu gestalten: Wie es wirkungsvoll gelingt, die Realität im Voraus so zu programmieren, dass sich Wünsche erfüllen und sogar Wunder möglich werden; wie man effektive, kraftvolle Wege der Selbstheilung nutzt, um Gesundheit, Jugendlichkeit und Vitalität zu steigern; wie man inneren Frieden findet und es schafft, in jeder Situation in sich selbst zu ruhen; wie man seine Schöpferkraft wirksam einsetzt, um eine friedvolle globale Zukunft mit zu erschaffen. Viele wirkungsvolle Übungen ermöglichen die direkte Umsetzung der Erkenntnisse im Alltag. Ein unterhaltsames, praxisnahes Handbuch zur Steigerung des Bewusstseins, der Lebensfreude und Lebensqualität.

Radikales Erwachen

Nimm dich im Alltag ganz an

Jeff Foster

Hardcover, 256 Seiten, ISBN 978-3-86616-282-2

Jeder spirituell Suchende sehnt sich nach Einssein, Freiheit und bedingungsloser Liebe, „anzukommen" und im Hier und Jetzt vollständig aufzuwachen. Wer es liest, begegnet keinem neuen spirituellen Konzept, keiner Theorie, sondern der Einfachheit, Schönheit und Tiefe einer überwältigenden Erfahrung. Lebensnah, humorvoll, berührend und im besten Sinne radikal in seiner Direktheit zeigt Jeff Foster, wie die vollkommene Akzeptanz des Lebens und der Gefühle zur Freiheit führen und alles verwandeln kann. In jeder Zeile ist spürbar, dass er aus der eigenen lebendigen Erfahrung schöpft, und so geraten wir schon beim Lesen in den erfrischenden Sog der Freiheit.

Sein Bewusstsein auf eine höhere Seinsebene bringen

Geführte Meditationen

Werner Vogel

CD, Laufzeit: 70 Minuten, ISBN 978-3-86616-123-8

Die Grundübung aller spirituellen Wege ist die Meditation. Das Ziel der Meditation in allen spirituellen Traditionen ist die Erfahrung eines nicht-dualistischen Bewusstseinszustands. Um in den Zustand des Geistes in der bewussten Erfahrung des „ewigen Hier und Jetzt" zu kommen, bedarf es einer stufenweise aufgebauten Übungspraxis. Geführte Meditationen können helfen, den zerstreuten Geist zu sammeln und auszurichten. Dadurch kommt der Übende zur Ruhe und zur Erfahrung der inneren Stille. Der Geist beruhigt sich und wird klar wie die Oberfläche eines aufgewühlten Sees, auf dessen Grund man sehen kann. Schließlich tritt der Zustand der gesammelten inhaltslosen Wachheit im Geist ein und der Übende wird offen und frei für ein höheres Bewusstsein. In der CD werden 3 Meditationsübungen angeboten, teilweise unterlegt mit meditativer Musik.

Ruheloser Geist trifft Achtsamkeit

Aus der Zeit in den Moment

Matthias Dhammavaro Jordan

Taschenbuch, 160 Seiten, ISBN 978-3-86616-252-5

Einfachheit und Tiefe sind die Qualitäten dieses Buches. Der ehemalige buddhistische Mönch spricht aus eigener Erfahrung, verständlich, unterhaltsam, lehrreich, inspirierend und mitten im Leben stehend. Sofort findet der Leser sich selbst wieder und wird behutsam und fundiert an essentielle Weisheiten herangeführt. Vor allem aber zeigt das Buch, sowohl bei den Betrachtungen über die Wirkungsweise des menschlichen Geistes als auch bei den Meditationsanleitungen, wie man durch bewusstes Üben der Achtsamkeit innere Ruhe und Frieden finden und ein entspanntes und erfülltes Leben führen kann. Zeit ist kostbar und dieses Buch zeigt uns den Weg vom Hier ins Jetzt und, wie wir den Reichtum des Augenblicks neu erleben und wertschätzen können.

Die Sprache des Herzens

Durch Heilung der Emotionen ein Leben in Liebe führen

Chuck Spezzano

2. Teil der Fortsetzung des Bestsellers „Wenn es verletzt, ist es keine Liebe"

Hardcover, 224 Seiten,
ISBN 978-3-86616-294-5

Mit seinem neuen Meisterwerk „Die Sprache des Herzens" präsentiert Chuck Spezzano den zweiten Teil der Fortsetzung seines Weltbestsellers „Wenn es verletzt, ist es keine Liebe". Schonungslos ehrlich beschreibt er die Welt der Emotionen und zeigt uns Wege der Heilung, die zu einem befreiten Leben voller Liebe führen können. In den 100 Lektionen setzt er auf seine unnachahmliche Art fort, was er schon in dem ersten Band „Emotionale Reife" begonnen hat: uns unnachgiebig, voller Empathie und Weisheit zu ermutigen und zu inspirieren, den Alltagssituationen mit größtmöglicher Wachheit und Wahrhaftigkeit zu begegnen. Wieder ein wunderbarer Wegweiser des Herzens, der uns zeigt, wie wir den Pfad der emotionalen Reife zu Ende gehen können. Denn die Sprache des Herzens bedarf keiner Worte mehr.

„In diesem Gefäß erklingt das Ewige"

Kabirs Yoga des Glücks – Poetische Texte des großen indischen Mystikers

Ralph Skuban

Geschenkbuch, Hardcover, 144 Seiten,
ISBN 978-3-86616-253-2

Kabir lebte im 15. Jahrhundert in Indien. Von Beruf war er Weber. Doch seine Berufung war es, als erleuchteter Weiser und verwirklichter Yogi die Herzen der Menschen zu berühren. In seinen poetischen Liedtexten bringt er zum Ausdruck, was sich in Worten eigentlich nicht sagen lässt: die mystische Erfahrung des inneren Lichts und die glückselige Einheit mit Gott. Seine Lieder schäumen über vor Leidenschaft, Wahrheit und Liebe. Kreativ und souverän spielt er mit den mystischen Symbolen des Hinduismus und des Islam und betont so das, was die spirituellen Wege verbindet, nicht das, was sie trennt. Und er wird nicht müde, auch uns, die wir ihm zuhören und seine Worte lesen, immer wieder aufzurufen, endlich aus dem Traum zu erwachen, uns auf den Weg zu machen.

Das One-Bewusstsein

In der Erfahrung der Einheit die Fülle des Seins leben

Barbara Vödisch

Paperback, 192 Seiten, ISBN 978-3-86616-261-7

Jetzt ist die Zeit, den Sprung von einer dualen Weltsicht, die trennt und auf Angst und Mangel basiert, in das Bewusstsein der Einheit und Fülle zu vollziehen. Willst du, dass deine Probleme enden, deine Beziehungen liebevoll und erfüllend sind? Sehnst du dich nach einer menschlicheren Welt, nach mehr Leichtigkeit und Liebe in deinem Leben? Wenn du es nicht mehr bei der Theorie belassen, sondern wirklich den Bewusstseinssprung vollziehen und in der Fülle des Seins leben willst, fordert dieses Buch von dir alles. Es packt dich, enttarnt deine Illusionen, hilft dir, dich von deinen Verstrickungen und jeglichen Leiden zu lösen und endlich glücklich und eins mit allem zu sein. Barbara Vödisch lebt seit über 12 Jahren in diesem Bewusstsein. Um dieses auch anderen zu eröffnen, hat sie in der Arbeit mit vielen Menschen ein einfaches und effektives System zum Erwachen in der Einheit entwickelt.

Mein Weg zu mir selbst

Ich-Erfahrungen

Maria Färber-Singer

Paperback, 288 Seiten, ISBN 978-3-86616-300-3

Veränderungen im Leben sind stets eine Herausforderung. Oft wollen wir Gewohntes und Liebgewonnenes festhalten und es fällt uns schwer, dem natürlichen Fluss des Lebens zu folgen. Doch wenn es uns gelingt, Veränderungen anzunehmen, dann kann sich das Leben auf wunderbare Weise verwandeln. Davon erzählt Maria Färber-Singer in ihrem neuen Buch. Anhand ihrer ganz persönlichen Geschichte zeigt sie humorvoll, tiefgründig und mit viel Esprit, wie man die Wandlungen des Lebens zur Entfaltung der eigenen - oft noch ungeahnten - Potentiale kreativ nutzen kann. Denn sich dem Unvorhersehbaren zu öffnen, birgt – wie dieses Buch - manch kleines Wunder und viele überraschende Möglichkeiten, das Leben bewusst und schöpferisch zu gestalten.